JN152214

これが最後のおたよりです

アミの会 編

ポプラ文庫

目　次

もうひとつある
鷹宮家四訓

大崎 梢

ピンポーンとチャイムを鳴らし、高校時代の一学年先輩、遠藤拓人《えんどうたくと》がやってきた。時計を見ると約束した午後一時の五分前。相変わらず生真面目で律儀な先輩だと思いつつ、絵茉《えま》は玄関に急いだ。こんなときに限ってと言うか、わざとらしくと言うべきか、庭掃除をしていた母がドアを開けて先輩と一緒に入ってきた。

「お待ちしてたのよ。どうぞどうぞ。あら、絵茉」

何が「あら」だ。睨みつけてやりたいところだが、久しぶりに会う先輩が「よおっ」と声をかけてくれたので笑みを返す。

高校時代は共に漫画研究会に所属し、卒業後、絵茉は保育の専門学校に進み去年から保育士として働いている。先輩は県内にある国立大学の歴史学科に入り、この春から大学院生だ。

漫研にいる頃から歴史漫画、それも明治維新の前後が大好物で、薩長同盟がどうの無血開城がこうのと熱く語る人だったので、大学の学部を聞いたときはさすがだと感心したものだ。将来は教員免許でも取って社会科の先生だろうかと思っていたら、院に進み、もしかしたらその先の博士課程も視野に入れているのかもしれない。

そんなふうにぶれない先輩から初めて個人的な連絡をもらい、少しはドギマギしたものの、内容を聞いて再び尊敬の念を強くした。

絵茉の苗字は「鷹宮《たかみや》」で、この「鷹宮家」というのが地元では知らない者のほぼいない旧家だ。遡れば源平合戦までたどれるそうだが、財をなしたという意味では、現当主から数えて四代前にあたる鷹宮寛右衛門《かんえもん》という人が興した「鷹宮紡績」の成功による。

地元の大企業として発展したのでまわりに親類縁者が多く、そうでなくとも地域的に鷹宮姓は他にもいるので、鷹宮家の流れをくむ家は屋号を用いている。本家は「本鷹宮」、略して「本宮」。そこからのれん分けされたのが、「分宮」「中宮」「小宮」「平宮」「半宮」、名誉があるかどうか疑わしい呼称もある。絵茉の家は傍流だとひと目でわかる「末宮」だ。

地元から離れた町中の高校に進学してからも、同じ中学の友だちから末宮と呼ばれていたので、耳ざとい先輩からなぜどうしてと尋ねられた。理由を説明すると、なんて面白いと喜ばれた。

その記憶があったので、鷹宮家のことを調べていると聞かされたときは、大げさに驚くまでもなかった。寛右衛門さんが紡績会社を創業したのは先輩の大好きな明治時代の、中ごろだ。

本家への橋渡しを頼まれるのかと思ったら、絵茉の祖父から話を聞きたいと言う。これは意外だった。

「うちのおじいちゃん、家業とは全然関係なく根っからの『鉄ちゃん』で、高校を出た後は鉄道会社に入って整備士になった人ですよ。本家と関わるのも冠婚葬祭くらいで、それさえ呼ばれないこともあるのに、本人はまったく気にしてないんです」

祖父には兄がいたので、そこは「分宮」としてそれなりの財産を継ぎ、紡績会社の子会社の取締役にも名を連ねている。

そちらの方がまだ詳しいだろうと思ったが、先輩は絵茉の祖父を希望し、日曜日の午後にやってきた。

「時間通りに来てくださったのにすみません。おじいちゃん、今日はゲートボールの日で、午前中だから大丈夫だと思っていたら、お仲間とお昼を食べてくるって。先輩のことは話しているので、遅くならずに帰ってくると思います」

玄関先で謝ると、先輩は「ちょうどいい」と微笑んだ。淡泊な顔立ちにメタルフレームの眼鏡、なで肩に薄い胸。印象に残りにくい地味な外見ながらも、微笑むと知的な爽やかさが広がる。高校時代は草食男子の代表のように、ある意味、物足りない男の代表のように言われていたが、大学院生になった今はすらりと通っている芯の強さを感じるような、感じないような。

「うかがいたいと思っていることを、あらかじめ君に話しておくよ。君の意見も聞きたいし」

嬉しいことを言われ、いそいそと先に立ってソファーのあるリビングルームに案内する。先輩はとなりの和室を見て控え目な仕草で指差した。持参した資料を座卓に広げたいとのことだ。

何度となく増改築されているものの、もとは祖父が建てた二階建ての一軒家。柱も襖《ふすま》も障子も年季が入っている。おかげで先輩の持ってきた古い雑誌や新聞記事はしっくり馴染み、寛右衛門さんのモノクロ写真が登場したときには、思わず「おおっ」と声を上げてしまった。

郷土史の中に見つけたコピーだそうだ。面長で細い鼻梁、一重まぶたの鋭い双眸、仙人のような顎鬚《あごひげ》。身につけているのが黒い紋付き袴ということもあって、威厳に満ちあふれている。実は初めて見る写真ではない。飾られている本物を見たことはあるが、コピーといえども自分の家の中にあると緊張を強《し》いられる。さりげなく他の紙の間に挟んでしまう。

先輩が自ら作ったという家系図にも目を奪われた。関係者一同の生年や続柄が書き込まれ、てっぺんに据えられた寛右衛門さんからたどっていくと、左の一番下に絵茉の名前があった。生まれ年も正しく記されている。くすぐったい思いにかられたが、となりに弟の名前もきちんと書き込まれている。なんとなくつまらない。

「鷹宮家については、高校時代に『末宮』の謂われを聞いて以来興味を持っていて、いつか自分で調べたいと思っていたんだ」

「すでに徹底的にやってるんですね」

先輩は「まだまだだよ」と謙遜しつつ、「調べている途中で」と切り出した。

「気になることが出てきた。末宮さん、鷹宮家に伝わる家訓のことは知ってるよね」

末ちゃんでも絵茉ちゃんでも鷹宮さんでもなく、先輩は昔から絵茉のことを「末宮さん」と呼ぶ。

「もちろん。代々伝わる四訓ですよね。寛右衛門さんが毛筆で書かれた実物を見たこともありますよ」

「直筆の書は額装され、本家の応接間に飾られていると聞いたけれど」

「その通りです。応接間のある旧宅は有形文化財に指定されているのでふだんは中に入れないんです。私は成人式の挨拶に行ったとき、初めて通してもらいました」

「儀式みたいなものがあるの？」

「特別の形式があるわけではなく、私や弟は成人式のときでしたが、七五三で連れて行かれる人もいます。本家の人が立ち会って、その場で寛右衛門さんの言葉を読み上げるんです。ちょっと厳かな気持ちになりました」

絵茉は晴れがましさや誇らしさを思い出すと同時に、真剣な面持ちで耳を傾けてくれる先輩を見て恥ずかしくもなった。日頃、鷹宮家を意識することはほとんどなく、旧家の品格に見合った暮らしをしているわけではない。今日も先輩が来るからとあわててよれよれのTシャツやジャージを着替え、食べかけの菓子類を台所の奥に隠し、三日坊主で終わったダンベルを押し入れに突っ込んだ。

「そこに書かれているのは四つの言葉だよね？」

うなずいて諳《そら》んじようとしたが、出だしからしてなんだったっけと躓《つまず》く。記憶を探っていると先輩が現物の写真のコピーを差し出した。それを見れば一目瞭然。

ひとつ　上り坂に傲《おご》るなかれ
ひとつ　難事に礼節を尊ぶべし
ひとつ　勤勉は才覚に勝る
ひとつ　和をもって壮健なり

調子のいいときに傲慢になってはいけない。苦しいときこそ礼儀を忘れるな。地道な努力は何ものにも勝る。他者と良好な関係を築け。というような意味だそうだ。成人式の挨拶に出向く前に、父からしつこく教えられた。

「ここにあるのは確かに四つだけど、ほんとうは五つ目があったという話を、君は知っている？」

「なんの話です？」

投げかけられた言葉が思いがけなくて、絵茉はきょとんとした。

「家訓だよ。写真にあるのと変わらず寛右衛門さんの直筆で、四つ目まではまったく同じ言葉が記されている。そのとなりにもうひとつ、書き足す形だったらしい」

まさかと首を横に振りつつ、「うそぉ」というふざけた言い方もできない。

「昔はあの応接間に、四訓ではなく五訓が飾られていたということですか。誰からもそんな話を聞いてませんよ」

「たぶん、表に出ていたのは四訓だ。五訓を知っている人は限られている。でもこの話はところどころに出てくる」

先輩はそう言って、いくつかのコピーを絵茉の前に並べた。

「僕が最初に見つけたのは、寛右衛門さんの次女である徳子《とくこ》さんが、新聞のインタビューに答えた中にある」

黄色のマーカーで囲まれた部分に絵茉は目を凝らした。

『代々伝わっているのは四訓ですけど、ほんとうは五訓だったんですよ。生前父は自ら記した四訓を掲げていましたが、晩年、書き直したんだと思います』

インタビュアーが「それは初耳です」と食い付く。

『掛け替える前に亡くなってしまったんでしょうね。家族にしてみれば四訓に馴染みがあったので、公にされているのはそちらの方だけです』

さらに詳しく知りたがるが、

『わたしも見たのは一度きりなので、よく覚えていないんです』と答えて終わる。

横に日付が添えてあった。1970年七月に出た地元紙の記事らしい。

「徳子さんは結婚して姓が変わるけれど、夫が鷹宮紡績の関連会社で働いていたので、のちのち経営陣に名を連ねることになる。『小宮』という屋号だそうだね」

言われてするりと浮かぶ顔がある。徳子さんの息子夫婦だ。寝具メーカー「小宮ふとん」を創業し、平成になった折りに会社の名称を「ネムリーナ」に変えた。

「五訓については寛右衛門さんの弟も、昭和三十五年に出された回顧録のような冊子の中で触れている」

再びコピーが差し出され、絵茉はのぞきこむ。

『返す返すも残念なのは兄の早死にだ。六十五歳だった。癌を患い余命宣告を受け、思うことは多々あっただろう。自分亡き後の鷹宮の将来についても、一抹の不安を抱いていたにちがいない。だからこそ家訓を書き換えた。加えられた一文に重きを置くことは、残された者たちの使命になりえた』

絵茉は先輩の作った家系図を引き寄せ、寛右衛門さんの没年から生年を引き算した。確かに六十五歳で亡くなっている。

「写真からすると、もっとおじいさんって気がしていました」

「モノクロだからよけいにそう感じるのかもね。この言葉からすると、自らの死期を悟って書き足したらしい」

「だったらそれを応接間に置けばいいのに。減らしたならともかく増やしたんですよね。どうして換えなかったんですか。しかも、『加えられた一文に重きを置くことは、残された者たちの使命』って、知らなかったら果たせないですよ」

「だから不思議なんだ。徳子さんの話からすると公にされていたのは四訓のみ。寛右衛門さんの弟は1965年、昭和四十年に亡くなっている。つまりそれまでずっと応接間に四訓が掲げられているのを知っていたはずだ。どうして異議を唱えなかったのだろう。なぜ、五訓に換えろと言わなかったのだろう」

先輩の言葉にうなずき唇を噛んでいると紙切れがもう一枚差し出された。

「これは郷土史研究家の随筆だ。2010年、鷹宮家の歴史について書いている」

『有名な家訓には隠されている一訓がある。初めて目にしたときたいそう驚かされたが、家族史を思うと明らかにしてよいのではないだろうかと、愚考しきりである』

「2010年、最近じゃないですか。この人に会って直接聞くことはできないんですか」

「四年後の2014年に、八十八歳で亡くなっている。ただ、噂に聞いたのは戦後間もなくの時期で、じっさい目にしたのは数年前とも書いてある。少なくとも五訓の書は2000年代までどこかに保管されていたということだ」

明治生まれの寛右衛門さんの教えが、今の時代に蘇ってくるようで、絵茉は興奮せずにいられない。
「先輩、探しましょう。見つけましょう。絶対に」
「それには君のおじいさんの助けが必要なんだよ」
「おじいちゃんで大丈夫かな。なんといっても末宮ですからね」

祖父は増築された一階奥の二間に暮らしている。今年、八十三歳になる。定年後は嘱託として働きつつ祖母と鉄道の旅に出かけていたが、六年前にその祖母を亡くし寂しそうにしていた。家族一同、心配していたが、この頃ではゲートボールやカラオケのお仲間と旅行に出かけるようになり、道中で見かけた電車の話を楽しそうにしてくれる。

今日も次の旅行に向けての意見交換がてら、お昼を食べているらしい。二時前に上機嫌で帰ってきた。絵茉たちは和室に広げた資料を片づけ、リビングルームに移動した。ソファーの方が祖父には座りやすい。

遅れたことをしきりに詫びる祖父に、先輩は几帳面に挨拶し、母がいれてくれた黒豆茶でそれぞれ喉を潤した。「鷹宮家のことを聞きたい」というのは伝えてあったので、先輩は手作りの家系図や写真のコピーなどを見せつつ、一番の目的である家訓について切り出した。

それまでにこにこと耳を傾けていた祖父は、家訓と聞いたとたん身体を後ろに引き、「あちゃー」と言いながら手を頭に乗せた。

「おじいちゃん」

「参ったな、その話か」

「おじいちゃんが帰ってくるまでの間に、先輩からいろいろ聞いたよ。鷹宮家の四訓って、ほんとうはもうひとつあって五訓だったの？」

「絵茉ちゃんの口からその言葉を聞く日が来るとはなあ」

頭に乗せた手を何度か弾ませてから、祖父は「どっこいしょ」と座り直した。改めて家系図とマーカーで囲まれた記事を見る。

「昔々の話だよ。誰もが忘れ去っているとばかり思っていた」

「おじいちゃんは五訓を知っていたのね？」

「寛右衛門さんはおじいちゃんのおじいさんだ。会ったことはない。生まれる前に亡くなっていたから。本家にある額縁の中の家訓が、おじいちゃんにとっての寛右衛門さんそのものだ。強くて厳しくて味わい深い。あれは実にいいものだ。なあ、絵茉ちゃん」

懐かしそうに言う祖父の顔に、複雑な思いが浮かんでいるような気がした。

「あの四訓の他にもうひとつ言葉があって、寛右衛門さんは亡くなる前に五訓を遺したという話は聞いている。兄の重正《しげまさ》がこっそり教えてくれたんだ。終戦後、四、五年経った頃かな。大人たちがしきりにその話をしているのを、重正が仕入れてきてね。そんな調子だから正式に言われたわけではないし、実物を見たこともないんだよ」

絵茉は思わず聞き返した。

「おじいちゃん、見たことないの？」

「ああ。一度もね」

「だったら五番目に何が書いてあったのか知らない？　それとも知ってる？」

祖父は答えず、視線を先輩に向けた。

「遠藤くんと言ったっけ。今は大学院で鷹宮家について調べているのか。なぜそれをテーマに選んだんだろう。君は何に関心を持って、どういう気持ちで知りたがっているのかな」

先輩は姿勢を正し、眼鏡のブリッジを押し上げ、言葉を探すように考え込んでから口を開いた。

「僕は昔から歴史に興味がありました。何十年、何百年という時の流れの中で、何が起き、どういう人たちが関わっていたのか。すごく惹かれます。日本史や世界史に限らず、町の歴史、街道の歴史、学校の歴史、会社の歴史、寺院の歴史、とてもそそられます。かといってあちこち手を広げるわけにもいかず、絞りに絞っているうちに逆にぎゅっと摑まれたのが一族の歴史です。同じ高校に通っていた絵茉さんとの縁もあって、鷹宮家について自分なりに調べ始めました」

「どうということもなかったでしょう?」と祖父。

「寛右衛門さんが創った会社は軌道に乗り財を築いたが、桁外れというほどの規模ではない。大正、昭和、平成、令和と時代を経て、幸い潰れずに続いてはいるものの地方の一企業に過ぎない。そんなに面白みはないと思うけれどな」

「僕が知りたいのはその中で生きたひとりひとりの歴史です。今、潰れずに続いているとおっしゃいましたが、潰れた会社はそれこそ星の数ほどあります。でも鷹宮紡績は続いている。順調に代を重ねたとは言い難いのに」

「ほう。そうだったっけ」

「初代寛右衛門さんが六十五歳で亡くなったとき、長男の寛一郎《かんいちろう》さんは二十九歳でした。並大抵ではない苦労があったと思いますが業績を伸ばし、鷹宮家は繁栄します。ところが寛一郎さんの長男、子どもの頃から群を抜いて優秀と言われていた寛《かん》太郎《たろう》さんが、二十六歳の若さで早世します。娘はふたりいましたがひとりは幼くして亡くなり、もうひとりは他家に嫁いだあと。跡取りがいなくなり、寛一郎さんは弟である孝治《こうじ》さんを三代目に選び、家督をすべて譲ります。孝治さんの息子が四代目になり、そのまた息子が五代目と続いていきます。結果からするとスムーズな代替わりですが、その都度その都度、選択にまつわる揉め事や危機はあったと思います。一歩まちがえると続いていなかったのかもしれない。でも天災や戦争のあった時代を乗り越え、令和の時代を迎えている。初代の教えを、一族の皆さんがきっちり守り伝えてきたからではないですか。僕はそう感じました。だからこそ、五つ目が気になるんです。なんだったのかを知りたいです」

　話に耳を傾けながらいつの間にか顔を伏せていた祖父が、ぐしゅんと鼻をならした。肩を揺らし目元に手をやる。

「どうしたの、おじいちゃん」

　向かいに座っていた絵茉が駆け寄ると、ティッシュと言われた。箱から一枚引き抜いて渡す。

「なんでもない。大丈夫。こちらの話を聞いていたら蘇ることがいろいろあってね。この年になったからこそ思うことがあるんだよ。おじいちゃんのお父さんは寛右衛門さんの三男だ。長男である寛一郎さんは頼りにしていたひとり息子を亡くし、弟である次男の孝治さんにすべてを譲った。ほんとうにすべてだよ。長年暮らしていたお屋敷を出て、奥さん共々別荘のひとつに移り住んだ。孝治さんは気が荒く向こう見ずなところがあってね。総領の器ではないと批難する人もいた。けれど本宅の主になってからは辛抱を覚え、だいぶ変わった。隠居した兄のもとにたびたび相談にも出かけていたらしい。やがて生まれた初孫に『寛嗣《かんじ》』という名を付けた。それこそ、思うことがいろいろあったにちがいない」

　寛嗣さんなら絵茉もよく知っている。成人式の日に応接間まで案内し、四訓の読み上げに立ち会ってくれた人だ。まさに本鷹宮の現当主だが、丸顔でぽっちゃりとした人の良さそうなおじさんで、寛右衛門さんの威厳からは遠い。

「絵茉ちゃん」

呼びかけられ顔を向ける。

「家訓の言葉について絵茉ちゃんも気になるのなら、今言った寛嗣くんのところに、この先輩を連れて行ってあげなさい」

思わず「いいの？」と声が出る。

「おじいちゃんでは五訓の書が今どこにあるのかはわからない。なんと言っても見たこともない代物だから。でも本家の人なら在処《ありか》くらいは知っているだろう。聞いてごらん」

「教えてくれるかな」

「絵茉ちゃんが四訓に背いていないのならば、たぶんね」


本家までは車で二十分ほどの道のりだ。絵茉がハンドルを握り、先輩を助手席に乗せて出かけた。自慢の愛車は艶やかな赤い軽自動車で、通勤にも使っている。まさか先輩を乗せることになるとは思わず、あわててファンシーなティッシュボックスやクッションを後部座席に放り投げたが、花柄のシートカバーや子豚を模した芳香剤はいかんともしがたい。

「家が昔ながらの純和風なので、車は思い切りポップになっているんです」

思えば男性を乗せるのも初めてだ。家には車がもう一台あるので父や弟はそれに乗る。

「連れて行ってもらえるのはすごく助かるし、ありがたいよ」

「収穫があるといいですよね」

盆や正月に出かけるわけではないので、絵茉が本家を訪れるのは成人式以来のことだ。愛車で乗り付けるのはこれまた初めて。鉄道駅から徒歩圏である自宅と異なり、本家は小高い丘の上に建っている。石塀に囲まれているので外から全容は見えず、敷地に入ってもよくわからない。それくらい広いお屋敷だ。

絵茉は石塀の脇にある空き地に車を駐めると通用門のチャイムを鳴らした。顔見知りのお手伝いさんが出てくれたので話が早い。寛嗣おじは盆栽の手入れをしているらしい。来訪を告げてもらうと、「外でいいならおいで」とのこと。さっそく向かわせてもらう。

盆栽は寛嗣おじの趣味で、完璧に手入れの行き届いた前庭ではなく、北側の裏庭に専用コーナーを設けている。絵茉たちの姿を見るなり、「やあ」と気さくに手を振ってくれた。

「どうしたの。珍しいね」

「いきなり押しかけて申し訳ありません」

「絵茉ちゃんがそんな大人っぽいこと言うなんて。顔だけ見たら小学生の頃と変わんないのに」

　奥さんやふたりの娘は近隣のショッピングモールに出かけていて留守だそうだ。寛嗣おじは絵茉の両親と同世代で、娘たちはまだ十代。本家の子女らしく「お父さま」「お母さま」とお嬢さま言葉を使う。おじの両親は母親が介護を受けつつ家の中で暮らし、父親は昨年の六月に亡くなった。この父親が四代目当主であり、絵茉の祖父の従兄弟に当たる。

　突然の訪問を詫びた後はもちろん先輩を紹介した。「へえ、高校時代の先輩ねえ」と、何か言いたげな目をされたけれど気づかないふりをする。それよりも、何かと忙しいであろう当主のわずかばかりの余暇を削らないよう、訪れた意図を話した。

「これまた意外だな。四訓の件か」

　先輩の作った家系図や、黄色いマーカーで印を付けた記事も見せる。

「おじさんは五訓の件をご存じですよね」

「うーん。正直、ノーコメントですませたい」

「おじいちゃんが、寛嗣おじさんのところに行くよう勧めてくれたんです。五訓の在処をたぶん教えてくれるだろうって」

「わあ、それは困った。芳雄《よしお》さんに言われたら無下にできないじゃないか」

　お手伝いさんがトレイに紅茶をのせてやってきた。近くにあったガーデンセットに置くよう指示したものの、寛嗣おじは棒立ちのままだ。家系図と記事を両手に持ち、ふたつを見比べながら真剣な面持ちで考え込む。雰囲気が少し寛右衛門さんっぽい。絵茉も先輩も黙って様子を見守った。

「五訓の書ならもうここにはないよ」

おじの眼差しは敷地の西側に建つ旧宅に注がれた後、北の蔵へと向けられる。

「長いことあそこで眠っていた」

「蔵の中ですか。どうして四ではなく、五を飾らなかったんですか。五の方が初代の意を表していたんじゃないんですか」

「君は五訓の在処を聞きに来たんだろう？」

しまったと内心思う。すみませんとうなだれる。

「とある人に渡したんだよ。先代が元気だった頃に相談して、それが一番ということになり引き取ってもらった」

「誰なのか、聞いてもいいですか」

恐る恐る顔を上げると、おじは苦笑いのような表情を浮かべていた。

「芳雄さんを信用して言おう。多加子《たかこ》さんだ」

おじの片手の指先が、家系図の一箇所を指し示す。

二代目当主寛一郎さんの次女。跡を継ぐはずだった長男が亡くなったとき、すでに他家に嫁いでいた人だ。

どうして、という言葉を絵茉はかろうじて飲みこむ。

「現物を多加子さんに見せてもらうといい。詳しい話も聞かせてくれると思うよ。君が四訓に背いてないのならば」

祖父と同じことを言って、おじは手にしていた紙を丁寧な仕草で返してくれた。


先輩の作った家系図から計算してみたところ、多加子さんは今年八十九歳になるらしい。絵茉の祖父の従兄弟という間柄だ。

看護学校を出て看護師の資格を得て、六歳年上の内科医と結婚した。今はひとりで町はずれの小さな集落に暮らしているそうだ。寛嗣おじから住所を教えてもらい、それをカーナビに入力して小一時間。愛車は田んぼや畑に囲まれたのどかな道路を西へ西へと走った。

やがて小高い山を越え、小さな温泉地を抜け、めざす集落にたどり着く。

多加子さんの家は拓けた場所に建つこぢんまりとした平屋だった。白くペイントされた木製の柵がぐるりと囲み、可愛らしい花々がこぼれるほどたくさん植えられている。芝生の庭にはパラソル付きのガーデンセット。よく見れば家も木造のカントリーハウスで、窓辺にレースのカーテンが揺れていた。

車を駐めて玄関のチャイムを鳴らすと、白いブラウスにカーディガンを羽織った品の良いおばあさまが現れた。寛嗣おじから電話があったそうで、突然の訪問に驚くことなく迎えてくれた。足元には人なつこいビーグル犬がいて可愛らしい。

家の中は木材がほどよく配され、暖炉やラグマット、タペストリーがよく映える。一輪挿しの小花も蔓で編まれた籠も絵茉の好みにぴったりでうっとりしてしまう。

「素敵なおうちですね」

「わたしだけじゃなく、夫も『赤毛のアン』のファンだったの。いつか思い描いたとおりの家に住もうと話をして、叶ったのは七十過ぎよ」

なんて希望の持てる話だろうと感動せずにいられない。七十歳より手前がいいけれど。

細々とした雑貨をのぞきこんでいると先輩が律儀に挨拶している。紹介するのをすっかり忘れていた。その先輩がカーテン越しの日差しも心地よいソファーコーナーへと案内されるので、あわててくっついていく。ビーグル犬も一緒だ。今度はそちらを構いたくなったが肝心の用件を思い出す。

「多加子さんの旦那さまはお医者さんだったのですよね」

「ええ。無医地区で働くのが夢で、大学病院に十年ほど勤務した後、山奥にも小さな島にも行ったわ」

「多加子さんも看護師さんで」

「夫と知り合ったのは小さな頃だったから、看護婦さんとしてそばにいるのがわたしなりの夢だったの」

照れくさそうに細い肩をすくめる。顔立ちといい仕草といい、年齢を超越する可憐さだ。遠縁とは言え血の繋がりがあるので自分にも希望がもてる気がする。

「でも一緒になってからは子どもが生まれ、その世話もあるでしょ。うちは三人もいたからてんてこまいの忙しさで診療所まで手が回らなかった。行く先々でそこの看護婦さんに任せっぱなし。今さらだけど主婦の仕事って多いのよね」

これは砕けた雰囲気で言われ、絵茉も先輩も顔をほころばせた。

「今日は鷹宮の家訓のことで来たんですって？」

電話でだいたいの内容も聞いていたらしい。心の中で寛嗣おじにお礼を言う。

「芳雄さんが元気そうで、こんな可愛らしいお孫さんがいて、そのお孫さんには素敵な……あら何かしら。お友だち？　それとも」

「高校時代の先輩です」

「そういう方もいて、わたしまで幸せな気持ちよ。芳雄さんにくれぐれもよろしく伝えてね」

絵茉は心を込めてうなずく。

「それで問題の家訓だけれど。五つ書かれているものをお見せしましょうか」

「いいんですか」

いきなり言われ心の準備をしていない。でも先輩と顔を見合わせ、互いに励ますような目配せをしてから「お願いします」と声を合わせた。

「あら、仲のいいこと」

多加子さんはゆっくりとした動作で立ち上がり、手を差し伸べた絵茉に「大丈夫よ」と微笑み、食卓の上に置かれた紙箱を持ってきた。大きなロールケーキがすっぽり収まるような長四角の箱だ。

「寛ちゃんの話を聞いて、ついさっき物入れから出してきたところ。あなたたちの見たがっているのはこれよ」

本家の当主も年長のおばさまにかかれば「ちゃん付け」だ。そのおばさまはラグマットの上にぺたんと座り、ローテーブルに箱を置き、ためらうことなく蓋を開ける。

中にあるのは和紙に包まれた巻物だ。多加子さんはそれをゆっくり広げていく。

絵茉は震えずにいられなかった。本家の応接間に飾られている額縁の中身が目の前に現れる。「鷹宮家　家訓」「鷹宮寛右衛門」、流麗な毛筆のひと文字ひと文字に威厳が満ちあふれている。それにつづく「ひとつ」の言葉。

「本物だ」

黄ばんだ紙も植物の縁飾りも金箔の家紋も。

ちがうのは四つ並んだ「ひとつ」のとなりに、もうひとつ連なるところ。

ひとつ　おんなこどもにあとを継がすべからず

しばらく言葉が出なかった。

何を想像していたわけではないが、断じてこんな言葉ではない。

おんなこども？　蔑称ではないか。あとを継がせるな？　そんな命令を。

「寛右衛門さんはこれを遺したんですか。これが最後の教えですか」

混乱のあまり頭に血が上る。ひどく暴力的で、まさに殴られたような気持ちだ。

相手が明治生まれの人だからといって男尊女卑にも程がある。だからこそ公にされなかったのか。

泣きそうになるのをこらえている絵茉の横で、先輩は鼻がくっつくほど紙に近づいていた。

何をしているのかと思えば、今度は身体を起こして拳を顎に当て、「うーん」と唸る。

「どうしたんですか、先輩」

「最後の一文は、前の四つと同じ人が書いたのだろうか」

「え？」

「太さも勢いもちがう。形は似せているが、払い方の角度や長さなど、細かいところがちがっている」

ぎょっとして多加子さんを見ると、まるで愉快そうに目を輝かせていた。

「あなたのような人がいるから表には出せないわ。おじいさまの名誉のためにも出せないけど」

絵茉はふたりを見比べおろおろしてしまう。

「よく聞いてね」

「はい」

「初代寛右衛門さんは、自分の余命が長くないと知ったとき、あとに遺す年若の長男を案じたの。そこで秘策を思いつく。五つ目を空白にした家訓の書を作り、どうしても困ったときに都合の良いもうひとつを書き足し、難を逃れなさい。長男である父にだけそう言って手渡した。父は受け取ったものの使うことなく月日が経ち、自分の跡取りだからと寛太郎に話した。これはその寛太郎、わたしの兄が書いたものなのよ」

細い指先が最後の一文に向けられる。

「なぜですか。どういう意味なんですか」

「わたしには結婚したい人がいた。相手もそう思ってくれて縁談はすんなりまとまった。ところが婚約が調った直後、兄が心臓の発作で倒れてしまったの。妹のわたしが言うのもなんだけど、子どもの頃から優秀で人柄に不足もなかった。ただ一点、生まれながらに心臓の具合が悪くてね。家族も本人も気を付けて、二十歳を超えたからもう大丈夫と言われていたのに、お正月の宴の席で倒れ、次があったら危ないと診断された。それを聞いて親戚の人たちはもしものときのために、わたしに婿を取らせろと言い出した」

　絵茉の目はテーブルに置かれた家系図へと吸い寄せられる。寛右衛門さんをてっぺんに据えるピラミッドがまだ三段しかできていない時代の話だ。

「どうしようもなかった。いつ止まるともしれない心臓を抱えた兄と、それを憂いてやつれていく両親を、見捨てることなんかできないわ。寛右衛門さんの弟や妹たち、わたしから見たら大叔父や大叔母たちは婿の候補を見つけてきて、この人がいいあの人がいいと騒ぎ立てるし。医者の卵なんて、破談に決まっていると頭ごなしに言う。そんなときよ。父の妹である道子《みちこ》叔母さんが、多加子では駄目だと言い出した。寛右衛門さんが残した五つ目の家訓があるからと」

　それを受けて、うやうやしく蔵から出てきたのが五訓の書だった。

　多加子さんを跡取りに、あるいは多加子さんの産んだ子を跡取りにと息巻いていた人たちは目を剥いた。寛右衛門さんの時代、入り婿が起こした不祥事が近隣で続いていたので、亡くなる間際に家訓を改めたのだろうと、もっともらしい説が飛び出す。そして多加子さんが相続する話は立ち消えた。

　当初の予定通りに結婚の儀は執り行われ、多加子さんは他家へと嫁ぐ。

　寛太郎さんが帰らぬ人になったのは式からほんの半年後のことだった。

「わたしがすべてを知ったのはずいぶん経ってからよ。十三回忌の頃だったかしら。兄はなんでもよくできる人で、書の腕前もたしかだった。ひとりで考えひとりで書いたらしい。出来上がったものを見せられた両親は声が出ないほど驚いたけれど、兄の気持ちを知って覚悟を決めるしかなかったそうよ。道子叔母さんもひと役買ってくれたの。みんながわたしを送り出してくれたんだわ」

道子さんだけでなく他の兄弟も知らされたのではないか。そして甥っ子の切なる願いを聞き届けた。苦難のときに礼節を尊ぶが如く。次男坊だった孝治さんは三代目になり、鷹宮家を盛り立てていく。

五つ目の家訓については、男女平等の時代にふさわしくないとの意見が出て、事情を知らない大叔父や大叔母たちは不満そうだったが蔵に逆戻りした。それまで通り四訓が鷹宮家の人々を見つめている。

感極まって涙ぐんだ多加子さんだったが、落ち着いてからは楽しげに昔話を語ってくれた。昔は本家のお屋敷で餅つき大会や豆まき大会もあったらしい。春は花見、夏は蛍狩り。子どもたちはかくれんぼや宝探しごっこに興じた。

その頃の写真も見せてもらい、寛右衛門さんのプライベートショットも出てきて、昔に戻った気持ちで興奮してしまった。

写真と言えば、壁際に置かれたチェストの上にもいくつか並んでいた。子どもたちに囲まれた老夫婦は寛一郎さんと奥さんらしい。弟一家に家督を譲ったふたりにも、賑やかな笑顔に彩られる日々があったらしい。おっかなびっくり抱っこしている赤ちゃんはひ孫だろうか。多加子さんにも似たような構図の写真があり、笑い声が聞こえてきそうだ。

気がついたら日はすっかり傾いていた。おいとますべく身支度を整えていると、書類をしまっていた先輩が多加子さんに話しかけた。

「先ほど表札を見て知ったのですが、結婚されて『白川《しらかわ》』という苗字になったんですね。僕の見つけた資料に、白川啓一《けいいち》さんという郷土史研究家の方が書いた随筆があります。同じ白川です。もしかして」

多加子さんは頰をゆるませた。

「よく見つけたと内心驚いていたの。久しぶりに夫の文章を読んだわ」

絵茉は先輩の手から書類をもぎ取った。黄色いマーカーを記された一枚だ。冊子の一部をコピーしたものだが、欄外に冊子の名前と著者名が書き込まれていた。見落としていた。いや、気づいたとしても多加子さんの結婚相手の名前は知らなかった。

「でも郷土史研究家なんて大げさよ。六十を過ぎる頃から勤務時間を減らし、身近な歴史を調べるようになったの。『赤毛のアン』とこの町の歴史、興味の方向性がばらばらね。夫は兄の同級生でもあって、ふたりは仲のいい友人同士だった。わたしたちの婚約を聞いたとき、きっとよい夫婦になると兄は喜んでくれた。だからあんな五訓目を……」

絵茉が知らなくても、祖父や寛嗣おじは気づいたのだ。先輩の持っていた資料の中に多加子さんの夫が書いた文章があったことを。それで五訓の書へと絵茉たちを導いてくれた。

　こめられた意味、関わった人たちの気持ちを尊重できるならばと。

　多加子さんとビーグル犬に見送られ、絵茉の車は帰路についた。フロントガラス越しに星々が見える。ご先祖さまたちはあの場所から礼儀を忘れるな、地道に励めと語りかけているのだろう。聞く耳を持っていなくてはとハンドルを握りながら絵茉は思う。

「収穫はありましたね、先輩」

「すごくあったよ。胸がいっぱいで今、ぼんやりしてた」

　黙ってるので寝てしまったのかと焦ったが、さすがにそれはなかったようだ。

「ほんとうにありがとう。よかったらどこかに寄っていかない？　もう夕飯の時間だ。ご馳走するよ。それともおうちの人が待っているだろうか」

　願ってもない申し出だ。寄りたいです、家には連絡しますと答え、どこがいいかとうきうきする。そんな絵茉のとなりで、先輩は星空を見上げてうっとりとした声で言う。

「いつか本物の四訓が見てみたいな」

「応接間の？」

「そうそう。有形文化財の中か」

見られますよと言いかけて飲みこむ。鷹宮家の人間と結婚すれば、その報告に出かけた際に通されるらしい。絵茉の母もそれで見ている。

「見られるといいですね」

遠回しに言ってみる。ひょっとしてひょっとしたらその希望は叶えられるんですよと、心の中で語りかける。

「ほんとう？　君に頼んでいたらありえるかもしれない？」

「ええ私が……」

言いかけて横をちらりと見る。先輩は笑顔になって声を揃えてくれた。

「四訓に背いてないのならば」

和を尊ぼう。ふたりの笑い声が弾む車内で、絵茉はしっかり前を向いた。

孤独の谷

近藤史恵

研究室のドアの前に立っている波良原美希《はらばらみき》を見たとき、わたしは不思議と驚きはしなかった。

彼女ははじめての授業の時から、わたしの目を惹いた。まだ履修授業を決める前の学生たちには、浮ついたような、それでいてこちらを見下すような独特の雰囲気があって、わたしはいつもそれに戸惑ってしまう。たぶん、わたしが、講師の中では若い女であるということも関係しているのだろう。

その中で波良原美希だけは、ひどく真剣な顔でこちらを見ていた。一年生で、まだ研究対象も決めていないはずの学生には不似合いなほどの真剣さで、わたしはすぐに彼女の顔を覚えた。

珍しい姓だから名前もすぐに覚えた。それでも、一学期の終わりが近づいても、わたしは彼女の真剣さがなにに由来しているのかということは気にしなかった。

世の中には、あまり人が興味を持たないジャンルにのめり込む人間がいるものだ。そういう人が集まっているのが大学という場所である。

もっとも多くの学生は、形式的に授業を履修し、レポートを書いて卒業していく。通り過ぎていく人の中に、たまに立ち止まり、こちらを凝視する人がいる。そういう学生を見逃さないようにするのも、教師の役目だ。

「白柳《しらやなぎ》先生、こんにちは。わたし、一年の『文化人類学1』を履修している波良原と申します」

彼女は少し緊張した面持ちで、そう名乗った。眉も描かず、口紅も塗っていないが、若さで肌が内側から輝いている。

「ええ、知っています。いつも授業を熱心に聞いてくれてますね」

そう言うと、彼女はほっとしたような顔になった。

わたしは研究室に彼女を招き入れた。ときどき、三、四年の熱心で、人懐っこい学生がやってきたり、院生がフィールドワークの相談にきたりすることもあるが、普段は誰もいない。昔は、ふたりの講師がひとつの研究室を使っていたと聞いたが、今は大学の経営方針が変わり、常勤講師が非常勤に取って代わられている。常勤のポストと自由に使える研究室を与えられているわたしは、同世代、特に女性の研究者の中ではかなり恵まれていると言えるだろう。

ソファに座るように言うと、彼女はソファの隅っこに腰を下ろした。わたしはその斜め向かいに座る。

「あの……白柳先生に、ご相談がありまして……。先生のご専門は風土病ですよね」

わたしは頷いた。風土病とはその地域にだけ存在する病気のことだ。マラリアなどが有名で範囲も広い風土病だが、他にも土地のミネラル含有量や、地域に生息する寄生虫などによる病気は世界のあちこちで、今もまだ続いている。医師ではないので治療などができるわけではない。だが、風土病がある地域にフィールドワークに行き、そこで起こる貧困や差別などについて研究している。

華やかと言えるようなテーマではないし、医学などとくらべて必要性も薄いと判断されやすいが、人間は社会の中で生きる動物だ。病気の原因が取り除かれても、差別がいつまでも残ることもあり、自分では必要な研究だと考えている。

「わたしはW県の山麓にある纏谷《まとや》という村の出身です。お聞きになったことは？」

はじめて聞く地名だ。その県の他の地域で、昔風土病があったということは知っているが、原因ははっきりしていない。

「ごめんなさい。はじめて聞きました。その村になにか？」

「わたしは波良原の家に、九歳の時、養子として引き取られました。纏谷という村には、波良原家の者だけが住んでいました。両親の家の他に、伯父夫婦や叔母、叔父など、四軒の家があり、その家族が住んでいました。そこから、近くの町にある小学校に通いはじめたわたしは、妙な噂を耳にすることになりました」

「妙な噂？」

美希は舌で唇を湿してから、話を続けた。

「纏谷に住む者は、たったひとりで死ぬのだ、と」

わたしは呼吸を整えた。

「死ぬときはみんなひとりでしょう」

そう言いながら、わたしは自分の言葉に欺瞞があることに気づいていた。ひとりで死ぬことそのものは、別に不自然なことではないが、誰かに「おまえはひとりで死ぬのだ」と言うとき、そこには悪意がある。

美希は首を横に振った。

「纏谷でもし誰かが謎の死を遂げると、その村の者は、みんな纏谷を出て行く。夫婦は離婚し、兄弟も親子も別々になる。そういう決まりになっているのだと。村の人たちは気の毒そうにそう言いました」

わたしはようやく、美希がなにを相談にきたのか、理解した。

なんらかの伝染性の風土病がそこにあったのかもしれない。だから、ばらばらになることで、みんな身を守った。そして、発症しなかった者だけが、またその土地に戻ってきて、生活を続けた。

「でも、ただの言い伝えでしょう。今はまさかそんなことが……」

わたしのことばを彼女は遮って話し続けた。

「わたしが中学生になったときから、母とわたしは父を置いて、隣の県である○市の中心部に引っ越して、ふたりで暮らしはじめました。わたしの成績がよかったので、大学進学を見据えて、私立の中学に通うことにしたのです。纏谷から通える高校は限られていましたし、父は地元の仕事で引っ越すことはできませんでしたから。

母は、週に一度、纏谷に帰っていましたけど、わたしは部活に熱中していたこともあり、長い休みのときしか帰りませんでした。そのまま高校に進学し、〇市での生活を続けていたとき、突然、父が亡くなりました」

わたしははっと背筋を正した。

「お気の毒に……」

美希は口許を少し緩めた。笑みと言うにはささやかすぎるほころびだった。

「いえ、わたしは父とそれほど深い気持ちの交流があったわけではなかったのです。嫌いなわけではなかったですが、養子になってから一緒に暮らしたのも三年ほどでしょうか。でも、こんなに早く逝ってしまうのなら、もっと頻繁に帰って話をしておけばよかったとは思いました。わたしを引き取り、進学をサポートしてくれたことは感謝していました」

彼女は窓の外に目をやって、話し続けた。

「葬式が終わった後、伯父が母を呼び止めて言いました。『あんたも知っている通り、波良原の家の者はみんな違う土地に引っ越して、新しい生活をはじめる。もう纏谷には戻ることはない。たぶん、十五年か、二十年か、もっと経って、なにも起こらなければ、誰かが戻ってくるかもしれないが、誰も戻らないかもしれない。あんたと美希は、そのまま〇市で暮らすか、それとも他の土地に引っ越すか、好きにすればいい』と」

そのとき、美希はあの噂が、本当のことだったと知ったという。

美希の父親は林業に携わり、自分の会社を経営していた。その会社と山の土地を手放すことで、美希の大学卒業までの学費や生活費はまかなえた。

美希の母は、美希の大学進学と同時に、離れた実家に戻った。

「ちょうど、祖父母も年を取って、老人だけにしておくのは不安だと言っていました。今はそちらで仕事を持っています」

「つまり、お母さんは、波良原の家の出身じゃないんですね」

わたしが尋ねると、美希は頷いた。

「仕事で父と知り合って、結婚したそうです」

「お父様がなぜ、亡くなったのかはお聞きになりましたか？」

「脳梗塞だそうです。ですが、父はまだ四十代で、壮健でした。人間ドックの結果なども見たことがありますが、まったく問題はなかったのです」

だが、検査の結果はただの結果に過ぎない。見逃されていた心臓疾患が死に繋がることもあるし、それがなくても血栓ができやすい体質というものもある。

「親戚の様子も、少し変わっていました。意外なことが起こったというよりも、恐れていたことが起こった。そんなふうに見えました。三十年ぶりだ、などと口にする人もいました」

だとすれば、三十年前にも同じような疾患で亡くなった人がいたのか。ただ三十年に一度というのは高い頻度ではない。少ない親戚の間でも、そのくらいの長期にわたれば、亡くなる人もいるだろう。

わたしは自分の考えを口にした。

「昔、伝染病かなにかで、亡くなる人がいて、土地を離れることで生き延びる人がいたんじゃないでしょうか。その言い伝えが今に残っているだけでは?」

話を聞く限り風土病と言うほど頻発しているわけではない。波良原の家がたまたま血液関係の病気になりやすい家系で、昔、倒れる人が続いただけという方が納得できる。

美希はわたしの言葉に反論はしなかったが、納得できていない様子なのはわかった。

「他にも気がかりなことが?」

「今年の冬、叔父も脳梗塞で亡くなりました。叔父はドイツにいました」

「ドイツ?」

違う土地に引っ越すにしては、ずいぶん遠くに行ったものだ。

「そのときにわかりました。叔母の真美子《まみこ》さんは、ラトビアという国にいて、伯父である清治《せいじ》さんとその妻の香苗《かなえ》さんはフランス。そして、清治さんの息子の直輝《なおき》さんはラオスにいました」

わたしは息を呑んだ。みんな海外に出ているとはあまり普通のことだとは思えない。

「皆さん、その国になにかご縁があったんでしょうか」

そう尋ねると、美希は首を横に振った。

「聞いたこともありません。英語だって、話せたとは思えない。わたしが中学受験のため、英語の勉強をしていたとき、父も叔父も叔母も、英語は全然わからないと言っていました」

それなのに、彼らは日本から出た。まるでそれが、生き延びる条件であるかのように。

美希は下を向いた。

「わたしは彼らと血縁はありません。でも、纏谷にいたとき、みんなわたしにとても優しくしてくれました。無口で、あまり干渉はしてこない人たちでしたが、彼らはわたしを静かに見守ってくれていました。生まれた家で、実の両親から虐待を受けていたわたしにとって、はじめて安心できる場所に辿り着けた気がしたんです。ひとりひとりと深い交流を持ったと言うより、その土地と住む人がわたしを保護して、なにかあったら助けてくれる。そう信じられた場所だったんです」

美希は声を詰まらせた。

「父ひとりの病死ならば、運が悪かったのだと思えます。でも、もし、あの優しい人たちが次々に亡くなってしまうようなことがあったら、どうしていいのかわからない。不安で押し潰されそうなんです」

背中を押されるように、わたしの口から言葉が出てきた。

「なにか協力できることがあったら言って。わたしにできることならなんでもする」

そんなことを言うつもりはなかったのに、まるでなにかに操られたようだった。


白柳先生なら、そういう病気をご存じではないですか？

美希はそう尋ねたが、答えはイエスともノーとも言えない。血栓ができやすい体質というのは存在するし、遺伝もそれに関係がないとは言えない。だが、波良原家に伝わる言い伝えに似たものは、聞いたことがない。

伝染病から、身を守るための言い伝えなのか。だが、その言い伝えを守るために、日本を出て、違う国に移り住むのもあまりに極端な話だ。

たまたま、その数週間後、わたしはヘルシンキの学会に出席することになっていた。フィンランドからラトビアはそれほど遠くない。もともと、三日ほど向こうで、休暇を取って観光をするつもりでいた。ラトビアに住んでいるという叔母を訪ねることなどもできるかもしれない。

そう言うと、美希はようやく明るい顔になった。

「お願いします。わたしは親戚を訪ねることを禁じられていますので」

学生の立場では、ヨーロッパへの旅費をひねり出すのも簡単ではないだろう。ちょうど、わたしにはパリに住んでいる親友がいる。彼女に波良原清治と香苗について、調べてもらうこともできるかもしれない。

「親戚の人たちの住所はご存じですか？」

わたしはそう美希に尋ねた。

「ドイツの叔父が亡くなるまで知りませんでした。ですが、叔父の遺品をいくつか日本に送り返してもらったのです。その中に手帳があり、他の親戚の住所がありました」

美希が見せてくれたスマートフォンの画像を、わたしは書き写した。

波良原清治と香苗はパリに住んでいたが、真美子はラトビアでも首都のリガではなく、聞いたことのない地方の村にいた。直輝が住んでいるのはラオスの中でもタイの国境近くにある村だった。

少し不思議に思った。遺伝病か風土病かはわからないが、死に至る病を恐れて移住するのなら、医療へのアクセスがいい場所に住むはずだ。パリ以外の場所は、医療を受けるのに適しているとは思えない。ラトビアはよく知らないが、ラオスならフィールドワークで何度も訪れている。

「亡くなった叔父様は、どちらにお住まいに？」

「ベルリンです」

こちらは大都会だ。彼は亡くなった後、集団墓地に埋葬されることを望み、その手続きまですませていたという。美希の元に戻ってきたのは、わずかな私物だけだったという。

美希が帰った後、わたしはデータベースで、纏谷や波良原という姓について検索してみたが、それらしい論文は引っかからなかった。検索ワードを変えるにしても、もう少し情報が欲しい。

わたしはパリに住む、親友の光島小夜子《みつしまさよこ》にメールを書いた。

光島から電話があったのは、一週間後だった。

「波良原清治という人も、香苗という人も、パリにはいなかったよ」

「ええっ？」

女性にしては低い、光島の声に懐かしさを感じながらも、わたしは驚いた。

「教えてくれた住所に行ってみたんだけど、そこは小さなホテルだった。波良原という日本人は滞在していなかったんだ。ホテルのオーナーはなにも知らないと言っていたけど、若いフロント係を誘って、ちょっと鼻薬を嗅がせてみてね。くわしいことを聞いた」

鼻薬とは古風な言い回しをするものだ。

「チップを渡したの？」

彼女はふふんと笑った。

「もっと効果のあるやつをね。まあ、あんたは知らない方がいいよ」

マリファナかコカインか。それとも、光島がベッドを共にしたのか。

「オーナーは、波良原から金をもらって、手紙の転送係をやっているだけだ。彼らはここには住んでいない」

「じゃあどこに？」

「セネガル」

わたしは驚いて、声も出なかった。アフリカだ。気軽に移り住めるような場所ではない。

「そのフロント係が波良原に届いた絵はがきをくすねてきてくれてね。それをあんたの家に送った」

「そんなことしてばれないの？」

「フランスでは郵便物はすぐ行方不明になるし、セネガルだってそうだろうよ」

光島は悪びれた様子もなく、そう言った。

「ありがとう。恩に着るよ」

「貸しにしておくよ。忘れるなよ」

この借りは高くつきそうだ。

光島から封筒が届いたのは、その数日後だった。

中には絵はがきの他に、波良原清治のセネガルの住所も書かれていた。だが、セネガルを訪問するのは簡単なことではない。予防接種も必要だろう。

美しい城の写真の絵はがきを裏返し、差し出し人を見る。一瞬、目を疑った。

ラテン文字でパリの住所が書かれているが、差し出し人のところに書かれているのはキリル文字だった。

幸い、大学の時の第二外国語では、ロシア語を専攻していた。格変化はすべて忘れてしまったが、キリル文字を読むことはできる。波良原真美子からだった。

ラトビアはロシア系の人々が多いから、キリル文字を使う人も多いのだろう。住所の下に一行だけ書かれている文字を見て、わたしはまた困惑した。たどたどしく書かれているのは、アラビア文字だった。さすがにこれは読めない。

大学の講師にアラビア語が堪能な者がいることを思い出して、画像をメールで送った。

すぐに返事がきた。

「簡単だよ。これは『わたしはあなたを愛している』と書いてあるんだ。だが、書いた人間はアラビア語の初学者だね。間違いだらけだ。本当は単語のはじめと中程と終わりで、文字の形が変わるんだけれど、それがむちゃくちゃだ」

それは勉強するのが大変な言語だ。

内容はあえて、解読する必要もなかった。離れて住んでいる身内へのメッセージだ。

だが、なぜアラビア語なのか。セネガルはフランス語が公用語ではないだろうか。そのほかに現地の言葉もあるだろうが、アラビア語が使われている地域ではない。ともかく、ラトビアに住むという波良原真美子を訪ねてみよう。話はそれからだ。


ヘルシンキでの学会を終えると、わたしは飛行機でラトビアの首都、リガに移動した。たった一時間十分、三百七十キロしか離れていないから、東京から大阪くらいの距離だ。もっとも海を挟んでいるので、飛行機か船を使わなくてはならないが。運がいいことに、わたしは波良原真美子の移住を手伝ったコーディネーターを探し出すことができた。

彼女とリガの空港で待ち合わせをしている。

ダヴィドヴァ貴子《たかこ》というその女性は、ラトビア人と結婚した日本人で、リガの旅行社で働いている。

リガ空港は、小さな空港だったが、新しく清潔で、よい匂いがした。ラトビアのことなどほとんど知らないが、住みやすそうな気がした。ただ、ロシアのすぐそばだから冬は厳しいはずだ。

税関を抜け、空港出口に向かうと、小柄な日本人の女性が、わたしと目を合わせてお辞儀をしてくれた。

「波良原さんのことはよく覚えています。移住を急がれているようでしたから。かなりエキセントリックな人ですよね」

ダヴィドヴァの車で、真美子の住む村に移動する。その途中で話を聞いた。

「ラトビアは移住ビザを取るのが比較的簡単な国なんです。ある程度の値段以上の中古物件を買うことで、移住ビザが取得できます。同じ条件で移住できる国は、他にもいくつかありますが、その中でも安価です」

だいたい一千万円くらいの不動産を購入し、保証金を銀行に預けることで、ビザを取得できるらしい。だが、それでも覚悟のいる金額だ。

「彼女はラトビア語が喋れたんですか?」

ダヴィドヴァは首を振る。

「英語も話せませんでした。ロシア語を話す人も多いのですが、ロシア語も。必要なときだけ、日本語を学んでいる学生を通訳として呼び寄せているようです」

「生活はいったい……」

「画家だと聞きました。描き上げた絵を、日本や、他の国の美術商のところに送って売ってもらっているようです」

ならばどこに住んでもいいのかもしれない。ラトビアはEU加盟国だから、ラトビアの移住ビザを取得できれば、EU内で住む場所を変えることはできる。

「不思議なのは、彼女がラトビアを選んだ理由です。この国が好きだったとか、憧れていたというわけではなく、移住が比較的簡単な国として選んだように思えました」

それは波良原の家の言い伝えのためだろうか。だが、あまりにも不思議だ。

二時間ほどで、真美子の住む村に到着した。村の中心部のコインパーキングに車を停めたダヴィドヴァが言った。

「わたしはこちらから、波良原さんを再訪しないようにときつく言われていますので、ここからは徒歩でお願いします。くれぐれもわたしに聞いたと言わないように」

スマートフォンでルートを調べると、彼女の家までは歩いて二十分くらいかかった。

「もう少し近くまで送っていただけませんか？」

ダヴィドヴァは首を横に振った。

「家に近づいたことを知られると、怒られますので。ここなら、村に用があったと言い訳できますから」

わたしは諦めて、歩くことにした。夏だというのに、気温は二十度もないだろう。

村にいる人たちは短い夏を楽しむように、半袖やノースリーブを着ているが、わたしは分厚いパーカーを脱ぐことができない。

五分ほどで、家が密集する村の中心部を通り過ぎた。あとは牧草地帯と、ぽつり、ぽつりと家があるだけだ。なるほど、ここまで車できてしまえば、真美子に見とがめられる可能性は高くなる。

波良原真美子の住む家が見える。平屋の小さくて可愛らしい家で、隣の家からは八百メートルは離れているだろう。

平屋の隣には畑があり、繋がれた山羊が草を食んでいた。のどかな風景で、こんなところに住む真美子のことが、少しうらやましいと感じた。

だが、彼女は好きな場所や自由な生活のために移住をしたわけではない。なにか恐ろしいものから逃げるように日本を出たはずだ。

家から、四十代ほどのふっくらとした女性が出てくるのが見えた。日本人のように見えるから真美子なのだろう。彼女は山羊を撫で、なにかを話しかけている。

わたしは歩みを速めた。

家に向かう小道に足を踏み入れたとき、真美子がこちらを見た。怪しい者ではないことを知らせようと、わたしは声を上げた。

「あの……わたしは、美希さんの知人です。少しお話を伺えませんか？」

真美子の顔色が変わった。小さな声を上げて、逃げ込むように家の中に入った。

扉が閉まり、鍵がかかる音がした。次に窓のカーテンまで閉められる。

わたしは驚いて、立ちすくんだ。山羊だけがのんきな顔で、わたしに近づいてくる。

「あの……、波良原さん？　怪しい者ではありません。美希さんの大学の講師です」

声を上げて呼びかける。

カーテンが開き、窓が開いた。ようやく話ができるとほっとしたのもつかのまだった。

真美子は、こちらに向かって、バケツの水をぶちまけた。わたしはあわてて飛び退いた。なんとか全身にかかることは免れたが、靴とスカートに水がかかる。

再び、窓とカーテンが閉められる。

わたしは下半身をずぶ濡れにしたまま、呆然と立ち尽くした。

真美子の顔に浮かんでいた表情。それは紛れもなく恐怖だった。


濡れた下半身のまま、ダヴィドヴァのところに帰った。幸い、彼女の車のトランクにスーツケースを入れたままだった。

後部座席を借りて着替えさせてもらう。

「それは災難でしたね……」

そう言いながらも、ダヴィドヴァの顔には少しおもしろがるような表情が浮かんでいた。

まあ、夏でよかった。マイナス十度が珍しくない真冬のラトビアで水などかけられたら、命に関わるところだった。

「先ほど、村に唯一ある食料品店で、話を聞いてきました。波良原さんは、ときどき買い物にくるそうです。にこやかに買い物をされるそうですよ」

つまり人を怖がっているわけではなさそうだ。わたしを見て怯えたのは、わたしが日本からきた美希の知り合いだからかもしれない。

「でも、ダヴィドヴァさんが、波良原さんについて聞いたことが、彼女に伝わったりしない？」

ダヴィドヴァは笑って首を横に振った。

「大丈夫です。彼女はまだラトビア語を話せないようですから」

日本に帰ってから、美希に連絡を取った。研究室で待ち合わせて話をする。

「ごめんなさい。会いに行ったけど、話をしてもらえなかった」

「いいえ、そこまでしていただけるとは思ってませんでした。本当にありがとうございます」

水をかけられたことは黙っておく。彼女に罪悪感を抱かせたくない。

美希はためいきをついた。

「実はわたしも、ラオスの直輝さんに会いに行きました。いてもたってもいられなくて……」

「会えたの？」

「いいえ、タイについてから、直輝さんに電話をかけたんです。いくら禁じられていたとはいえ、わたしに会うことを喜んでくれると思ったんです」

だが、直輝は美希と会うことを拒んだ。美希は口では納得して帰るようなことを言い、直輝の住む村まで行った。

「さすがに、わたしのことをよく知っている人です。借りていた家を即座に引き払って、どこかに姿を隠してしまいました」

わたしは息を吞む。そこまでして、美希を避けなければならない理由とはなんだろう。

美希はひどく傷ついたような顔をしていた。

「直輝さんは、別れたとき、まだ二十歳を少し過ぎたばかりでした。迷信に囚われるような年齢ではありませんよね」

わたしは頷いた。もしかすると年齢は関係ないのかもしれないが、それでも美希がそう信じているのなら否定したくはなかった。わたしは彼を知らない。

「優しい兄のような人で、わたしは少し彼に恋心を抱いていました。もちろん、妹のように可愛がってもらえるだけで満足だったし、そんなことを口に出したことはありません」

「彼はなんの仕事を？」

そう尋ねると、美希はようやく現実に引き戻されたような顔になった。

「父と同じように林業をやっていました。父の遺産は、伯父や直輝さんにも渡ったはずなので、物価の安い国ではしばらくの間働かないで生きていけるのかもしれません」

だが、いつまでもそうしているわけにはいかない。二十代という若さならなおさらだ。

「わたしはいちばん近いホテルに滞在して、何度か彼の家を訪ねました。直輝さんは戻ってこなかったけど、郵便物は届いていました。こんなハガキを見つけたんです」

美希がわたしに見せたのは、絵はがきだった。

宛名はラテン文字で書かれているが、ラオスの住所らしい。差し出し人の名前はない。

だが消印は、日本、それもＷ県だった。

「纏谷から、いちばん近い郵便局です」

わたしは絵はがきを裏返した。真っ赤な夕陽に染められた山の風景だった。地名は書いていないのに、わたしにはそれが日本の風景だということがわかった。杉の木ばかりが植林された山と、合間に覗く道路、雲の形。景色というのは、想像以上に多くの情報をこちらにもたらす。

市販の絵はがきではない。写真を、自分でプリントアウトしたものだ。どこにも文章は書かれておらず、ただ〝K〟というイニシャルだけが書かれていた。

波良原家でKのつく名前を持つ者は、直輝の母の香苗だ。

ＪＲの駅からバスに乗り一時間。バス停で降り、そこから歩いて五キロ。

それが纏谷の場所だった。車道は通っているから、車でくればそこまで不便ではないのかもしれないが、あいにくわたしは車の運転をしない。

緩やかな山道を登り続けて一時間半くらい経っただろうか。ふいに視界が開けた。小さな橋があり、それを渡ると苔むした石碑があった。

纏谷。石碑にはそう書かれている。

荒れた畑の合間に、少し離れて四つの家。香苗が住んでいるのはいちばん山に近い家だと聞いた。

ここにくることは美希には言わなかった。言えば、彼女も一緒にきたがっただろう。

美希に内緒でこんなところまできてしまったのは、波良原家という不思議な一族にひどく惹かれてしまったからかもしれない。

山を下りてくる人の姿が見えた。五十代か六十代くらいの女性。波良原香苗だろう。

もっと早く気づくべきだった。美希は「夫婦は離婚し」と言った。なのに、香苗と清治は一緒にパリにいるように装っていた。そしてわたしは清治がセネガルにいるのなら、香苗もそこにいるのだと思い込んでしまった。

香苗は、足を止めてこちらを見た。真美子のように逃げようとはしなかった。清治の妻だということは、彼女は美希の母と同じく、波良原の血縁者ではないのだろう。

香苗は、近づいていったわたしに笑いかけた。柔らかい表情の女性だが、白髪もそのままで、年齢よりも老けて見える。

「だれかが、わたしたちのことを調べているらしいことはあちこちから、伝わってきましたよ」

警告を発したのは真美子か、それとも直輝か。

「わたしは美希さんの大学の講師です。文化人類学が専門で、風土病を研究しています」

「困ったわね。そういうことなら、わたしたちに興味を持っても不思議はないわね」

畑は荒れているが、家はどこもきれいに片付いている。香苗が手入れしているのだろう。

わたしの視線に気づいたのか、香苗が言った。

「わたしは森番みたいなものね。いつか、誰かが戻ってくるかもしれない。そう思って、ここを守り続ける」

わたしは思い切って言った。

「波良原の家の者が、恐れているのは言葉ではないですか？」

香苗は頷いた。

「そう。言語コミュニケーションによって、脳に炎症が起こり、血管が脆弱になる。そういう一族だと言われている。言葉を使えば使うほど、波良原の者は死に近づいていく」

にわかには信じられない。だが、間違いないのは、彼らがそう信じていることだ。

「以前、多くの人が亡くなったとき、それを研究しようとした医師がいたそうよ。でも、言語コミュニケーションが原因だとわかったことで、当事者はみな怯えてしまった。それ以上医師と連絡を取ることもせず、みんなばらばらになり、山奥や人の少ない島などに移り住んで、人との交流を絶った。でも、あるとき、気づいた者がいた。言葉の通じない土地に移り住めば、人の近くで生きていけるのではないかと」

だから、違う国に行き、そこで生活をはじめる。家族にメッセージを送るときも、お互い読むことのできない文字や写真のみを送る。

その果てしない孤独に息が詰まりそうになる。

香苗はわたしを手招きした。

「うちでお茶でもいかが？　去年干した柿の葉茶がいい出来なのよ」

わたしは頷いた。香苗の家の引き戸を開けると、大きな犬が寝そべっていた。犬はちらりと顔を上げたが、わたしのことを警戒もせず、また眠りはじめた。香苗が完全にひとりではないことに、わたしは少しほっとする。

「捨てられた猟犬らしいの。人間ってひどいことするわよね」

「まったくです」

畳の部屋に上がり、わたしは香苗の淹れてくれた柿の葉茶を飲んだ。

ひどく静かだった。鳥が鳴く声が聞こえてくるが、わたしは鳥の名を知らない。風の音がこんなに大きいと感じたこともはじめてだった。強い風が吹いているわけでもないのに。

「弟――美希の父親は、なにかあったとき、この土地を守る役目を美希にやらせるつもりだったようだけど、土地なんかよりも、彼女の未来の方が大事だからね。彼女には纏谷のことなど忘れて、自由に生きてほしい」

「あなたは自由に生きないんですか？」

わたしの質問に香苗は笑っただけだった。

しばらくの間、なにも話さずにわたしたちは、柿の葉茶を飲んだ。

「美希さんには本当のことは言わない方がいいですか？」

そう尋ねると、香苗は少し考え込んだ。

「別に言ってもいいんじゃないかしら。彼女は波良原の家の人間ではない。病に怯える必要もない。むしろ、わたしたちが連絡を取らない理由がわかった方がいいのかもしれない」

慕っていた家族たちの運命を知って、悲しむかもしれないが、どちらにせよ、無傷ではいられないのだ。

少し居心地が悪くなる。わたしはなにをしているのだろう。興味本位で、彼らの傷を暴いて。

わたしは立ち上がった。

「お邪魔しました。帰ります」

香苗も立ち上がって、一緒についてきた。

「会えて、お話しできてうれしかった。こんなふうに、誰かとまた話をする日がくるなんて思ってなかった」

かすかに心がざわついた。香苗はもともと波良原の家に生まれた者ではない。美希や美希の母と同じようによそからやってきた人間のはずだ。

少し気味の悪さを感じて、わたしは頭を下げた。

「失礼します」

香苗はもう一度繰り返した。

「会えてうれしかった」

わたしは愛想笑いを浮かべた。わたしの訪問が不快でなかったのならよかった。


バス停まで辿り着いてから、わたしは美希に電話をかけた。

「実は香苗さんに会ってきたの」

わたしは香苗から聞いた話を美希に伝えた。美希が絶句するのがわかった。

「香苗さんは纏谷にまだいるようだから、もし、美希さんが香苗さんと会いたいのなら……」

「違います。白柳先生。波良原の家に生まれたのは香苗さんなんです。結婚して名前を変えたのは清治さんの方なんです。外からやってきたのは清治さんなんです」

わたしは息を呑んだ。もしかすると、取り返しのつかない思い違いをしてしまったかもしれない。

わたしはもう一度きた道を戻りはじめた。

なにもなければいい。そんな病などただの迷信と思い込みで、彼らはそれに囚われているだけならばいい。

だが、もし彼らに伝わる言い伝えが本当ならば。

息を切らしながら、わたしは山道を登り続ける。暗くなってきたから、終バスを逃してしまうかもしれない。だが、このまま帰るわけにはいかないのだ。

犬が吠える声が遠くから聞こえる。胸騒ぎが激しくなる。

香苗の家には電気がついていなかった。吠えているのは間違いなく、彼女の犬だ。

わたしは鍵のかかっていない引き戸を開けた。

玄関先に香苗が倒れていた。だらりと垂れた手で、もう遅いのだということがわかった。

扉を開けて

篠田真由美

『万国古物取扱　銀猫堂』

（ばんこくこぶつとりあつかい、ぎんねこどう？……）

浜辺で拾った流木のような板きれが看板だとしたら、そこに彫られた文字が屋号なのでしょうか。いまにもばらばらになりそうな椅子の上に危なっかしく立てかけた、後ろには四枚引き戸のガラス戸。でも中を覗いても暗いばかり。なんておかしな名の骨董屋だろうと思ったのに、気がついたときには中に足を踏み入れていました。

明かりも乏しい、洞窟のような店内です。目が外の光に慣れていたためか、狭い通路の左右に並べられ、積み上げられた品物は、一向にはっきりと見定められません。けれど行く手に小机を前にして、こちらを向いて座っている女性の顔かたちばかりは、切り抜かれたもののような鮮明さで目に飛びこんできました。銀髪の老婦人です。黒いものはひとすじもない銀の髪を、鹿鳴館《ろくめいかん》の貴婦人のような古風な形に膨らませて結い上げて、それが小机の上のスタンドの光を、天使の光輪を思わせる明るさで反射しています。

彼女がこの店の女主人でしょうか。正面から視線を合わせて、すい、と立ち上がると、意外なほど長身でした。着ているのは黒いスタンドカラーのロングドレス。「いらっしゃいませ」という声は聞こえず、ただ紅を引いていない唇の動きだけでわかりましたが、両手を宙に舞わせて招くように動かしたそのしぐさが、屋号のせいでしょうか、どことなく猫めいて感じられました。

買い物のつもりがあって入ってきたわけではありません。会釈してすぐ出ようと思ったのに、小机の上に並んでいる、なにか光るものについ目を惹かれてしまいました。深緑のビロードを敷いて置かれていたのは七、八個の鍵、それも家の鍵などと較べれば明らかに小さい、玩具のような、形はいろいろの金属の鍵です。それも骨董品なのだろうか、と見つめてしまうと、「ご興味がおあり？」と微笑みながら尋ねられました。急いでかぶりを振って否定したのですが、

「でも、形のきれいな鍵はアクセサリとしても使えますわ。そのように」

と、白い手を伸べられてようやく気がつきました。私も胸に小さな鍵を、革紐に通してペンダントのように下げていたのです。どうかしていました、自分で自分の身につけたものを忘れているなんて。

「実を申しますとね、この鍵はお客様に頼まれていたものなんです。なんでも、家の中を整理していたら鍵のかかったものが見つかって、でも鍵はないから開けない。それほど厳重な、凝った錠前とは思えないから、似たような鍵なら開くのじゃないかといわれまして、うちの店のがらくたの中から、いくらかでも可能性のありそう

なものを拾い出して、汚れと錆を落としておりました。大きさは、お胸の鍵と似たようなものですわね」

私は思わず両手で胸の鍵を押さえています。なぜか心臓がどきどきいうようでした。そういうものはうかつに開かない方がいいのではないでしょうか、といった意味のことを、要らぬ差し出口とは承知で口にすると、老婦人は機嫌を悪くするどころか、我が意を得たりといいたげに大きくうなずいてみせるのです。

「わたくしもそういったんですよ。自分で鍵をかけたけれど、その鍵を無くしてしまったというならまだしも、亡くなった方が残された品だというのですもの。でもまだ若いお嬢さんは、言い出したら聞かないというふうで、鍵が見つからないなら壊しても開けるつもりだとまでおっしゃるんです。

それでわたくし、遺品の封を無理に開いたばかりに、辛い思いをすることになった話をひとつ聞かせて差し上げました。それは、しばらく前の話ですけれど、かなり名を知られた女流歌人が亡くなって、ただひとりの家族だった娘さんが書斎を整理していたところ、見覚えのない黒漆塗りの手文庫が見つかった、というのですね。一目見て尋常のものではないとわかったというのは、赤い真田紐でその箱が十文字に、そして何重にもしっかりと縛りつけられていて、まだそれでも足りぬというように、紐の結び目には裂いた和紙を糊付けして封印してあったというのです。

娘さん、といってもさほどお若くはない、分別もあるお歳の方でしたが、箱を振ると紙の束が入っているらしい音と感触がある。ではこれは、亡き母の残した未発表の歌稿ではないだろうか。その方は生涯に相当数の歌を詠《よ》み、発表してきましたが、創作には大変厳格な態度で臨まれて、推敲の跡のある原稿類はすべて思い切りよく焼き捨て、書き上げた作品でも意に満たぬものはやはりすべて破棄して人目に触れさせなかったといいます。娘さんは歌人にはならなかったけれど、歌学を研究する文学者になっていたので、常々母のそうした創作態度を残念に思うところもあったのですね。研究のためには、決定稿以前の推敲の跡のある原稿は、あれば有り難いものですから。

そうして長らく迷った末、娘さんは封印を剝がし真田紐を解いて、手文庫を開きました。中に入っていたのは母上の手と一目でわかる墨跡も美しい和紙の歌稿で、そこにぎっしりと書き連ねられた歌はすべて未発表の作品でした。娘さんは母上の作品の熱烈な読者でもありましたから、胸躍らせて早速にその文字をたどり始めました。ところが間もなくその方は、心から驚愕し、怪しみ、困惑せざるを得なかったのです」

そこでことばを切った老婦人に、私は「なにが、あったのですか」と尋ねずにはいられませんでした。

「なぜならそこに書かれていた歌は、女流歌人が生涯かけて詠んできたのとはまったく異なる、別人の作としか思われぬものだったからです。

故人は白菊に置く露のように、清廉《せいれん》で凜乎《りんこ》として純粋な、と称えられた歌人です。早くにお連れ合いに先立たれて、女手ひとつで娘さんを育てながら、再婚することも、どなたの援助を得ることもなく、八十歳で亡くなられるまで歌一筋に生きたというのが世に知られていた経歴であり、娘さんの記憶でもありました。風景やものに仮託して愛や悲しみの心情を詠《うた》うとき、それは必ず若くして逝かれた夫を追慕する歌でした。どれほど時を経ても薄れることのない喪失の嘆き、女ひとりで生きることの心細さ、我が手に残された娘をいつくしむ思い、それが彼女の歌の世界でした。

けれど未発表の歌稿に残されていたのは、別人の作としか思われぬ生々しい愛の歌でした。その歌の詠み手は愛の、というよりは愛欲の沼に深く身を浸した女性で、それも相手はひとりふたりではないのです。心惹かれる男性との出会いがあれば、相手が既婚者であろうと、そのときの自分に決まった相手がいようと、ためらうことはない。手練れの猟人か、あるいは肉食の獣か、巧みに策を巡らし、追い詰め、我がものとして逢瀬を重ね、共にした性愛の歓びを生々しく歌い上げる。かと思えばその人の妻への嫉妬に身を焦がし、呪詛し、心から血を流し呻吟《しんぎん》する。修羅の底で身悶え苦しみ、また新たな恋を得てようやく以前の痛みを忘れられる業深い女。その体臭や汗の滴りさえ生々しく伝わってくるような、歌であったと申します」

「創作だったのではありませんか？」

私は申しました。和歌の世界にさして詳しいわけではありませんが、古今、新古今の時代の歌人は、男性が女性に成り代わり、ありもしない恋の悩みや苦しみを歌に詠んだと聞きます。けれど老婦人は、軽くうなずいて続けます。

「娘さんもそう思おうとしたようですが、その歌にはお相手となった男性の身の上や特徴といったことも詠みこまれていて、現実にあったことではなくともモデルはいる、というのがわかってしまうのですね。つまり、空想ではあったかも知れない。それでも女流歌人が実在の関係者を念頭に、愛と性の妄想を脳内に綴り、歌に詠んでいたとなれば、たとえ故人のこととはいえ、醜聞と呼ばれても不思議はないほどのものでした。歌壇といってもさして広い世界ではなし、まだ存命の関係者もいる。なにも知らぬ読者にとっても、これまでの歌人のイメージを汚し失墜させることは間違いない。つまりは到底発表するわけにはいかない。娘さんは本当に困ってしまったのです。

いまこの歌稿を隠しておいても、自分は結婚していない、跡を継ぐものもいない。母の名が完全に忘れ去られていない限り、自分の死後だれかの目に触れて、発表されることはあり得る。では破棄するべきか。しかし貴重な作品であるには違いない。母はどちらを望んでいたのだろう。残したくなければ焼き捨てたろうし、死後に発表されてもいいと考えたなら、自分宛に手紙をつけるなりなんなりしてくれたのではないか。それをただ手文庫に入れて封印して残していったというのは、どう考えるべきなのか――」

　ずいぶんお詳しいのですね、と口を挟むと、老婦人はこともなげに「ほら、あれですよ」と背後の棚に置かれた埃っぽい漆塗りの箱を目で示しました。

「歌稿の行き先を決めかねた娘さんが、迷いに迷ったあげく、わたくしのところへ持ってこられたんです。自分にはどうすればいいかわからない。どう決めていただいても決して苦情など申しませんから、お任せしてはいけないでしょうかって。そんなことをいわれても、わたくしだって困《こう》じ果ててしまいます。仕方ないからそのままお預かりしていますが、あなたならどう思われます？」

　正面から視線を合わせられて、顔を背ける暇もありません。

「ご病気で亡くなられたなら、処分するだけの時間がなかったということなのでは」

　ようやくそれだけ答えました。

「可能であったなら捨てるつもりだった。後に残していって、娘さんや他の方に読まれることは望んでいなかったと思われますか」

「私は、そう思います」

「それでもすぐには焼き捨てずに、残しておかれたということは」

「歌人としてはやはり、生み出した作品に未練がおありだったのでは。歌を詠まれる方の気持ちなど私にはわかりませんが、創作に没頭しているときは、それを読んだ娘さんがどう思うか、人にどう読まれるかといったことは頭から消えているのでしょうし」

老婦人は私に目を向けたまま、ひとつ顔を縦に動かしました。

「わたくしも同意見なのです。芸術の価値を倫理や道徳で決めるのは間違いだとは思いますが、生きている娘さんを苦しめてまで歌稿を守ることはない。少なくとも娘さんがそれを望まない以上は」

「だれでもそう思うのではありませんか」

「けれど、わたくしに鍵を探して欲しいといわれたお嬢さんは、この話を聞いてもそうは思われなかったのです。きっと亡くなった歌人は、娘には自分を理解して欲しいと願っていた。その歌を読んで欲しかった。自分の母親にそういう、女性としての熱い思いがあったのだと知って欲しかった。発表するかしないかは二の次で、娘の判断に任せていったのに違いない。だから娘さんが手文庫を開いたのは正しかったのだと」

私はかぶりを振りました。幾度も幾度も振りました。正直であること、さらけだすこと、隠さず打ち明けることがいつでも正解だとは限りません。まして死によって隔てられた後には、なにを付け加え、説明することも叶わないのですから。

「若い人にはわからないのです、きっと。人には迷うことがある、間違うことがある、そして残してきてしまった足跡に後悔し、なんとかそれを消し去れたらと切実に祈ることがあるのです」

ふいに、奇妙なほどの高ぶりが私を捉えました。私は思わず叫んでいました。

「そのお嬢さんが探していたのは、死んだ母親の日記の、そこにかかった鍵ではありませんか？　お嬢さんはその日記を読みたくて。そうではないのですか？」

「もしも、そうだとしたなら？」

「日記を開けさせてはいけません。中を読んではなりません。きっとお嬢さんは後悔することになります。ええ、きっと！」

　私は夢中で老婦人に詰め寄りました。

「あなたはその日記を預かっているのですか？　そこにお持ちなのですか？　合う鍵を探すというからには、あるのでしょう？」

　老婦人は静かに顔を揺らせて「いいえ」といいます。

「写真を撮り、鍵周りの寸法なども測らせてもらいました。けれどお嬢さんは、お母様の形見を一時でも手放したくないとおっしゃって、そのままバッグに戻してしまいました」

「そんな――」

「その後はしばらく、亡くなられたお母様の思い出話をうかがうことになりました。ひとりきりの娘と母で、お父様が、自分を仲間外れにしないでくれと焼き餅を焼かれるくらい仲の良い、気持ちの合う、どんな親友より慕わしいお母様だったということでした。中学からは家を離れて、遠くの寄宿制の学校に行ったから、会えるのは長い休みのときだけだったけれど、その間にも手紙のやり取りは欠かさず、休みが来るのを楽しみにカレンダーの日付を毎日塗り消すほどだった。大学に行くようになれば、また自宅から通えるとそれを楽しみにしていたのに、急な病気で死に目にも間に合わなかった。だからいまは、この日記を開いて母の肉声に再会できるという、それだけが希望なのですと、涙ながらに話されていましたよ」

私はもうなにもいえません。お嬢さんの気持ちを疑う理由など、なにもないのですけれど、人の心はそれほど単純なものではないのだ、といったところで、わかってはもらえないでしょう。

そして、背後でガラス戸の引かれる音がけたたましいほどに聞こえました。息を弾ませて、半ば走るように入ってきた少女が、そのお嬢さんだというのは改めて尋ねるまでもありません。ショートカットの髪に、少年のようにきっぱりと濃い眉。目を輝かせ頬を紅潮させて、なんとまぶしいほどの命の光でしょう。

「鍵、見つかりました？」

こちらには目もくれず、老婦人に向かって身を乗り出すのに、

「開くかどうかは試してみなければわかりませんから。でも、お持ちの鍵穴に合いそうなうちの店にある鍵は、これくらいですよ」

「試してみて、いいんですね？」

「ええ、どうぞ」

まるで自分の家のように遠慮もなく、店の隅にあった腰掛けを引き寄せて座ると、ショルダーバッグから取り出したそれを小机の上に置きます。暗い赤色をした革の表紙の、単行本ほどの大きさの分厚い日記帳です。鈍金色《にびきんいろ》の金具がページの小口に嵌まって、裏表紙についた蝶番で開閉できるようになっています。そこにほんの一センチほどの鍵穴がついているのです。ビロードの上に並べられた小さな鍵にさっと目を走らせて、まず金具と同じ色合いをした鍵を取り上げて、試そうとしたけれど、これは鍵の方が大きくて穴に挿さりませんでした。次に試したものは、逆に穴が大きすぎて手応えがありません。次々と試してみてもみな空振り。どうやらそこに並んでいる鍵は、どれひとつ日記帳の錠には合わないようなのです。

「鍵穴の中に埃が溜まっているみたいで、少し油をつけた綿棒を入れて掃除してみたんです。それがいけなかったのかしら……」

悔しそうに呟きながら、でも諦める様子はありません。挿すことのできた鍵を、慎重に動かしたり、思い切って力を込めたり、粘り強く繰り返して、どうしても断念するつもりはないようなのです。

「止めて！」

と私はとうとう叫んでしまいました。

止めて、止めて、止めて。お願いだから、開いてはいけない。読んではいけないわ。それはきっと、後に残していくつもりのものではなかったのよ。鍵穴に埃が溜まっていたのが、なによりの証拠。あなたのお母様もきっと、久しく開くこともないまま仕舞いこんで忘れていたのよ。それは、胸に湧いた心の黒い澱《おり》をひそかに吐き出して、そのまま消してしまうためのものだったから。

私もそうなの。私にも娘がいた。ひとりきりの可愛い可愛い娘。その子の願いならなんでも叶えてあげたかった。私の可能な限りそうしてあげた。話を聞いてあげて、あの子が聞きたいだろうことばを返して、一緒に出かけて、お茶を飲んだり、服を見立ててあったり、姉妹のようだといわれたわ。

でも、どうしてかしら。いつか私の中に、暗色の澱のようなものが生まれて、溜まって、口には出せないまま降り積もっていたの。だっていくら愛しても、娘のすべてが私の望むままということはない。いいえ、むしろ育つ内に娘には娘の好き嫌いが生まれ、気がつけば私はそれにひたすら合わせてあげている。まるで母親ではなく、あの子の召使いのように。それがなんだかひどく空しい。

そして突然思ったの。この女はなに。私の身体から生まれてきたのに、私よりすべてに恵まれて、私より若く美しく、そして与えられるものすべてを当たり前のように享受して、格別感謝することもない、この子はなんなの。私が産んだ娘だという以外の、どんな権利があるというの。私は本当にこの子が好きなの？

私は日記帳を買った。鍵のかかる、頑丈な革表紙と金具のついた日記帳。ひどい悪徳に身を浸そうとしているような、恐れと、たじろぎと、けれど同時に奇妙な高ぶりがあった。新しい日記帳を開いて、私は黒いインクに浸した付けペンを持ち、思い切って力をこめ、黒々と最初の一行を書き記した。

明日娘が学校に戻る、次の休みまで顔を見ないで済むと思うと、胸がせいせいする。

書いてしまってから、それが心からの本音だとわかったわ。一行書けばもう止められない。ことばは次々とペンの先から湧き出て、白いページを汚していく。私はそのことばに身震いしながら書き続ける。

娘は私を信じ切っている。ためらいもなく甘えて、ねだって、欲しいものを手に入れて、そのことになんの疑問も持たない。なんて幸せな、綿飴のようにふわふわと愚かな娘。そのことがときどきやりきれない。好きでもない甘すぎる菓子を無理に口にしているような心地がして、胸焼けがしてくる。吐き気がする。

私にだって夢があった。娘の母親ではない、なりたい自分があった。それが実現しないまま終わったのは、私自身の努力が足りなかったのかも知れないけれど、子供が生まれてしまえばもう、子育て以外のことはできない。だからせめて最高の母親になろうとしたのだけれど、いまならわかる。私がなりたかったのはそんなもの

じゃなかった。娘が私の夢を潰したのだ。憎い。

　これが私の本音。でも、決して口に出すつもりのない本音。当然でしょう。娘にはなにひとつ悪いことはないのだもの。生まれたときから与えられていた母親の愛情を、当然のものと信じてなにが悪いものですか。けれど、そう思う側から私の中には、正反対の感情が湧いてくる。同じ女としての娘への、恵まれた者への妬み。おぞましいけれど否定できない。だから私はそれを自分から切り離すことにした。これは私のシャドウ。裏側にいる亡霊のようなものが、虚構として綴って吐き出す反吐《へど》なのだと思い決めて、それを鍵のかかる日記帳に書きつけて、憂さ晴らしをした。

　娘と連れ立ってショッピングに出かけて、あの子のための服を買う。アクセサリを買う。流行りのカフェでお茶を飲んで、可愛らしいデコレーションをしたケーキを食べて、そんな半日を過ごして帰ってきた後で、私はひとり部屋のドアを閉め、日記帳に悪意でひねくれた文章を綴って溜飲を下げました。娘の子供らしいおしゃべりや振る舞いのいちいちを嘲って、批判して、罵って。それはだれにも見せられない老いを感じた女の愚かな独り遊びでした。大して長い期間ではなかったでしょう。そのうち飽きが来て、日記には鍵をかけたまま仕舞いこんで忘れていたわ。

　なんて馬鹿だったことか。読まれれば醜聞になる歌稿を捨てられなかった、女流歌人よりまだ愚かしい。そんなもの、とっておかずにさっさと捨ててしまえば良かった。大して意味も無い、子供の悪戯書きのようなものなのに、見られれば人はきっとそうは思わない。ひそかに書きつけて隠しておいた、これこそが娘に伝えたかったことなんだと思われる。書いた当人は死んでしまって、どんな言い訳もできなくなってしまってから、それが人目に晒されるなんて、それも他ならぬ——

「ああ、止めて、お願い、開かないで！」

そんなことをしてもなんにもならないのは百も承知で、私はその場で地団駄踏みながら絶叫していました。

「開かないで開かないで開かないで！」

そのとき、私は頭の中で声を聞きました。

『よろしゅうございます。承《うけたまわ》りました』

それはこの店の、銀髪の老婦人の声でした。どこか巫女の託宣のようにおごそかな。けれどその間にも彼女は、小机を挟んで客の少女と向かい合い、普通に話しているのです。

「そんなに乱暴にやったら、かえって錠を壊してしまいますよ」

「でもッ」

「わたくしにやらせていただいても、かまわないかしら」

しばらくためらってから、少女は日記帳を小机の上で回して、老婦人の方へ押しやりました。老婦人はビロードの上に並べた鍵に手を伸ばして、その中のひとつをおもむろに取り上げ、けれどどうしたはずみか、鍵が指から滑って落ちました。テーブルではなく床の上に。少女が身をかがめて鍵を拾う間、彼女の視線が初めて日記帳から逸れたほんのわずかな時間、老婦人の手が素早く動いたのを私だけが見ていました。

そして、

「開いたようですよ」

老婦人がそういって小口を押さえた金具を外し、表紙は開けないまま天地を入れ替えて、少女の前へ滑らせます。彼女は手を伸ばして、開こうとしてまた迷うようでした。ですが目の前に引き寄せた日記帳を、思い切って開いたと見ると、その顔がぱっと花が開いたように明るくなりました。表紙を衝立みたいに顔の前に立てて、むさぼるように文字を追っています。中のページはよそからは見えません。けれど、少しして上がった顔からは、明るい輝きが消えてはいませんでした。

「母の字です！」

紅潮した顔から大きく目を見開いて、老婦人にいいます。

「よく覚えています。この、最初のページに書いてあること。中学の卒業前に、母とふたりで原宿に買い物に行ったんです。卒業記念になにか特別のものを買いましょう、と母がいってくれて、わくわくしながら表参道の通りを歩きました。なんにしようかってずっと迷って、着るものじゃ身体に合わなくなるかも知れないし、宝石なんてまだ早いし、結局腕時計を買ってもらいました。ほら、これです」

　彼女は白い腕を伸ばして、そこに嵌めている金色のブレスレットのような腕時計を見せました。

「母との思い出はなにを考えてもすごく楽しくて、でも最近になってあたし、少し心配になってきました。学校の友達と話すと、お母さんとそんなに親友みたいに仲がいいとか、叱られたことが全然ないとか、あり得ないっていわれるんですもの。それじゃもしかしたら、あたしが勝手に母を美化していたんじゃないか。さもなければ母があたしのためにすごく無理をして、いいたいこともいわずに自分を隠していたんじゃないかなんて、そんなことまで考えてしまって」

「だからなおのこと、お母様の日記が読みたかった？」

「そうなんです。でも、あたしの思い過ごしだったみたいです。最初の一ページを読んだだけでわかりました。母はあたしが思っていたとおりの母でした。母と過ごした時間は、母にとってもかけがえのない素敵な思い出だったって。もしかすると母は、自分の病気に気がついて、あたしに思い出を残してくれるために、こんな日記を書いていってくれたのかも知れません。だから、大事に読みます。そしてずっと持っています。母が側に居てくれるみたいに思えるから」

有り難うございますと何度も繰り返して、日記帳を仕舞ったバッグを胸に抱くようにして、少女は帰っていきます。銀猫堂の女主人の厚意を無償で受け取って、いかにも無頓着に悪びれもせず。人が自分のためになにかしてくれることを、当然のように思って少しも怪しまないというのは、幼い頃から大切にされ甘やかされて育ったせいでしょうか。店を出て行くときも、側で一部始終を見守っていた私には目もくれませんでした。でもそれも不思議はありません。私の姿は見えないのでしょう。私は、死んだ女ですから。

「あなたの、お嬢さんですわね？」

女主人のことばは、質問ではありません。この方はすべてわかっています。

「最初からお気づきでしたの？」

「ええ、それはね。生きた人間ならガラス戸を開けずに入っては来られません。あの戸はずいぶんと、大きな音を立てて軋むんですよ」

「でもわかりません。あなたがわざと鍵を落として、娘の目が離れた隙に日記帳をすり替えたのは見ていましたけど、どうして……」

鍵を載せたビロード布の下から、もう一冊そっくりの革表紙の日記帳が出てきます。鍵がかかったままの。その錠に合う鍵は、私の胸にかかっていますから。

「どうしてか。それはあなたが、開かないでと願ったからですよ。そう、おっしゃったでしょう？　そしてわたくしは、『承りました』と答えました。この店、銀猫堂に寄りついたものと、ひとの願いを叶えるのがわたくしの役目です。わたくしが承りましたと答えれば、それは必ず叶えられることになっています。

あなたは娘さんの手にした日記帳の気配に惹かれて、ここへやってきた。それは格別不思議なことではありません。ご覧のとおり、わたくしの店は海岸の湾の奥深くにできた潮だまりのような場所なのです。潮の流れが気紛れに運んでくるあれやこれやが、寄ってきて溜まる。いつまでもそれきり動かぬものもあれば、またすぐ引き潮に引かれて流れ去るものもあります。そして今度はそうして流れてきたものが、気紛れではなく必然のように、ゆかりのあるものやひとを招き寄せることもあるのですわ」

「でも、あなたは魔法を使われますの？」

「まああなた、そんな大層な」

銀髪の老婦人は、若い娘のような華やかな笑いを響かせました。

「お嬢さんを喜ばせた、優しいお母様の日記が出現したことが、そんなに不思議に思われます？」

「ええ。だってわかりませんもの。どうしてそんなことができたのか」

「夢だからですよ」

「夢、ですか？……」

「そう、夢。あなたの夢だから願いが叶う。お嬢さんが読んだ日記にしたって、まんざら贋物だというわけではありません。お連れ合いを亡くした歌人が孤閨を守りながら燃えるような恋を夢見たように、あなたも優しい母でありながら、心の内で意地悪な母を演じ、意地悪な日記を書き綴った。それはどちらもあなた。お嬢さんが読んだ日記も、やはりあなたのものですわ」

「でも私は、死人です。死んだ者が夢を見ますか？」

「見ますとも。世間の人間は誤解していますけれどね、人の世は夢なのです。永遠という膨大な時間の中の、一瞬の夢。死ぬとはその夢が終わること、目が覚めることと。あなたはいま、覚め際の最後の夢を見ているのですよ。目が覚めれば、きっとすべて忘れてしまう。けれど強すぎる悲しみや後悔は、傷となって消えずに残るかも知れない。ならば辛い記憶、嫌な思い出は、着古した服のように後に残していく方がいいのです。

　ほら、扉が開きますよ」

　私の手にあの、赤い革表紙の日記帳があります。胸にかけた鍵が小鳥のように飛んで、鍵穴に滑りこみました。鍵が回り、小さな音を立てて金具が外れ、扉のように開きます。ええ、それは扉です。

　そこから光が射してきます。さわやかな風が吹いてきます。私は十代の少女の軽やかさで、弾む足を前に運び、開いた扉の方へ歩いていきます。けれど、そこでちょっと足が止まりました。背中に声が聞こえたのです。「お母さん」という娘の呼び声です。振り返ってみても、はっきりとは見えませんけれど。

「まだ届きますよ、声が」

耳元で老婦人がささやきます。

「最後のメッセージ、送られますか？」

私はかぶりを振りました。いまはもう、娘に対するなんの屈託もありません。といって、かけるべきことばもないのです。すべては遠ざかり、薄れ、消えていきます。だから胸の前で小さく手を振って、前を向きました。

彼岸の光が私を包みます。

その光に導かれて、私は扉を超えます。

夢は終わったのです。

朝が来たのです。

猫への遺言

柴田よしき

1

玄関の前に立っていたのは、葬儀社の社員だった。あまり上等には見えない喪服を着て、胸に白い布に包まれた箱を抱いている。

菜々子《ななこ》の顔を見ると、奥様でいらっしゃいますか、と小さな声で訊く。菜々子が、はい、と返事をすると、深々と頭を下げた。

「ご主人様をお連れいたしました」

白い布に包まれた箱が、菜々子に手渡される。

「このたびはまことに……」

菜々子は相手の言葉を遮った。

「これで全部、おしまいですね？」

葬儀社の社員は頷いたが、すぐに慣れた口調で言った。

「後日、ご自宅にて初七日、四十九日と法要を営ませていただくことができますので。また昨今の社会情勢が変わりましたら、改めて当社斎場にて……」

「今はまだ何も考えておりません。パンフレットはもらってありますから、必要でしたらこちらから連絡します。しばらくは遺骨を自宅に置いて、ゆっくりさせてあげたいので」

「承知いたしました。それでは」
「ご苦労さま」

新型コロナウィルスに感染して死亡した夫の敏雄《としお》は、葬儀はおろか遺族が火葬場で骨をひろうことも許されず、こんな形でやっと帰宅した。今さら葬儀など行っても、気味悪がって誰も来てはくれないだろう。同居していた菜々子はＰＣＲ検査陰性、保健所の指導に従って半月自宅から出ずに自主隔離していたが、結局何事も起こらなかった。なぜか新型コロナウィルスは敏雄だけに死の吐息をふきかけ、菜々子のことは無視したようだ。

定年退職してから敏雄は極端に出不精になった。

世間に一応は名が知られた家電メーカーに勤務していたので、退職金で住宅ローンの残債を整理しても、質素に生活すれば年金で充分老後をおくれる。まだ体力的には働けないこともなかったのだが、再就職はせずに引退した。六年前のことである。そして菜々子も大学を出てからずっと市役所に勤務し、数年前に定年退職しようやく昨年から年金生活に入った。子供がおらず教育費に莫大な金がかかることもなかったので、貯蓄もそこそこできた。夫婦の老後は安泰。今の世の中では、勝ち組と呼ばれる部類に入るのかもしれない。都内ではないが、都心まで乗り換えなしで一時間以内の、駅から徒歩十二分足らず、郊外の一軒家。小さな庭もある。

まさか、敏雄の最期がこんな形になるなどとは、思ってもみなかった。定年退職してからも年に一度は人間ドックで健康診断をし、血圧も正常、生活習慣病の兆候もない。極めて健康体。菜々子の方が血圧が高かったり血糖値が高めだったりと問題を抱えていて、新型コロナウィルスのパンデミックに社会が震撼していても、敏雄は、僕はきっと無症状で済むな、君のほうがハイリスクだから気をつけろよ、と言っていた。

菜々子は旅行が好きだったが、夫婦で旅行をしたことは結婚生活でほんの数回しかない。それも遠方の親戚や知人の冠婚葬祭への出席ばかりで、あとはハワイへの新婚旅行と、敏雄が定年退職した時に北海道に行ったくらい。どちらも旅行社のパック・ツアーで、添乗員に言われるままに歩いたりバスに乗ったりしていただけで、旅先で何を見たのかの記憶もろくにない。夫が旅行嫌いだということは結婚してすぐに知ったので、無理をさせるつもりもなかった。菜々子には大学生の時にできた旅仲間がいたので、もっぱら彼女たちと旅に出ていてそれで満足だった。旅嫌いな夫を無理やり引きずって歩いても楽しくない。

だがそんな夫にも、散歩という日課はあった。どうせ散歩を日課にするなら犬でも飼えばと勧めたこともあったが、敏雄は、ただぶらぶら歩いて、その日の気分で図書館に寄ったり、電車に乗って映画館まで行ったりするのが楽しいのだと言っていた。犬なんか連れてたら寄り道できないよ。

菜々子自身は敏雄が定年になってもまだしばらく勤めが続いていたので、日中敏雄が何をしているのかなど、あまり気にしていなかった。頼んでおけば買い物をしておいてくれたし、気が向くと夕飯のおかずを作ってくれることもあった。菜々子が定年になってからも、敏雄の生活は変わっていないように見えた。菜々子を誘ってくれるでもなく、朝食をとって少しすると、じゃあ行って来るよ、帰りに何か買って来るもの、ある？　と訊いて、それからいつものように出かけてしまう。雨降りの日などは家にいることもあったけれど、自分の書斎で本を読んでいるらしく、昼食以外では顔を見せない。

子供に恵まれなかった共働きの夫婦らしく、菜々子と敏雄はそれぞれの生活ペースを守ることに慣れてしまっていたので、菜々子も定年になったからと言って二人一緒に行動しなければ、とは思わなかったし、敏雄も菜々子の日々の行動に口出しをするようなことはしない。

菜々子は定年後、ボランティア活動を始めた。以前から近所の主婦に誘われていたのだが、定年後も何かパートでも見つけて働こうと思っていたので断り続けていたのだ。が、いざ定年になってみると、もう働かなくていいんだ、と思ってホッとしている自分に気づいた。役所の仕事はやりがいもあったし嫌いではなかったが、それでもやはり、長年の疲れは菜々子の心を重くしていた。花束をもらって職場を後にした日、菜々子は、もう勤めに出るのはやめよう、と思っていた。これからは楽しいことだけして生きていこう。

　そして、ボランティア活動に誘ってくれていた主婦に連絡した。

　地域猫の保護と世話、地域猫に対する啓蒙活動が、ボランティアの内容だった。

地域猫、つまり野良猫だ。野良猫は昨今、どこでも嫌われものになっているようだが、どんな町にも、野良猫に餌をやることに喜びや使命感を感じる人は必ずいる。だが好き勝手に野良猫を餌付けすれば、鳴き声や糞尿などで多大な迷惑を住民にかけることになるし、猫は繁殖力の強い生き物なので、どんどん子供を産んで増えてしまう。そしてそうした野良猫たちの末路は大概が悲惨だ。車に轢かれたり、伝染病にかかったり、縄張り争いに負けて餌を食べられなくなって餓死したり。生まれたばかりの仔猫はカラスの格好の餌にもなる。

　菜々子が参加したボランティアグループは、猫の保護活動では実績のあるＮＰＯの一組織だった。

　猫好きな方の厚意で提供された空き地を餌場に決め、決まった時間に餌やりをする。猫たちが食べ終えるまで見届けてからきちんと清掃し、食べ残しが腐敗したりしないように気をつける。餌をもらいに来ている野良猫たちを観察し、不妊・去勢手術が済んでいない猫がいれば一時捕獲の計画を立てる。一時捕獲した猫には手術を受けさせて、耳をほんの少し、麻酔が効いている間に切り取って目印をつける。耳にその目印のある猫は手術済み、と一目《ひとめ》でわかるように。皮膚病などにかかっている猫も保護して治療し、新しく餌場にやって来た猫が迷い猫であれば、飼い主を捜す。妊娠してしまった雌猫も保護して出産させ、生まれた仔猫も貰い手を探す。近所の住民から地域猫のことで苦情が出れば丁寧に苦情を聞いて、解決策を提案する。餌代や不妊・去勢手術代はＮＰＯが寄付を集めるので、その手伝いもする。

たかが野良猫の餌やり、と簡単な仕事のつもりで引き受けたのだが、やってみれば仕事は限りなくあり、考えさせられることも多かった。野良猫に餌をやることを生きがいにしているお年寄りもいる。その人に、なぜ、好き勝手に餌をあげてはいけないのか理解してもらうのは至難の業だった。また、野良猫は迷惑だからと地域猫活動を敵視し、何かと言えば保健所に電話してしまう住民もいる。安楽死させたほうが猫のためだ、と。かと思えば、不妊・去勢手術は自然の理に反しているから反対だ、という人もいる。雄の場合は手術も簡単だし、去勢した方が発情期でも喧嘩をせずに穏やかでいられるから長生きできると説明しても、雄に生まれてセックスができないなんて可哀想だ、と反論される。

ある意味、毎日が刺激的だった。還暦を過ぎてから本をたくさん読むようになり、情報収集の為に勤めている時よりもパソコンに触るようになった。猫のことを勉強していると、自然環境や自然保護にも興味が湧いた。

菜々子は、新しい人生が始まった高揚感をおぼえていた。

2

そんなある日、梅吉《うめきち》と出逢った。

地域猫の餌場に、Ａｍａｚｏｎの段ボールに入れて捨てられていた仔猫。衰弱してぼろ布のような有様だったが、それでも、抱き上げると必死に手足を動かして鳴いた。動物病院に連れて行って健康診断を受けたが、後ろ足に先天性の奇形があり、成長しても他の猫のように身軽には動けないだろうと言われた。その奇形のせいで飼い主に見捨てられたのかもしれない。

初めは黒白のぶち猫だと思っていたのだが、診察台に乗せてみれば、背中に茶色の模様が入っている三毛猫だった。その茶色の模様がどことなく梅の花の形に似ていたので、梅ちゃん、と仮に名付けた。

飼うつもりなどはなかった。地域猫のボランティアグループで貰い手を見つけることになった。が、やはり後ろ足に障害のある仔猫をあえてひきとってくれる人はなかなか現れなかった。日に日に体力を取り戻し、猫用ミルクもよく飲んで、梅ちゃんは元気になっていった。と同時に、菜々子はもう、梅ちゃんと離れ難い気持ちになっている自分に気づいていた。

そして、梅ちゃんは菜々子と敏雄の小さな一軒家にやって来た。ちゃんと名前をつけてあげるつもりで敏雄に相談すると、敏雄は、背中の茶色の模様を見て、梅吉、と呼んだ。

「女の子なのよ」

「いいじゃないか。芸者や芸人は男名をつけることがあるよ」

「梅ちゃんは芸者でも芸人でもないのよ」

「君だってもう、梅ちゃんって呼んでるじゃないか」

猫の名前は、梅吉、となり、菜々子はそれからもずっと、梅ちゃんと呼んでいる。

梅吉と暮らすようになって、家の雰囲気が驚くほど変わった。敏雄は相変わらずマイペースで過ごしていたが、それでも散歩に出ている時間が心なしか短くなり、何やかやと理由をつけては外出せずに家にいることが多くなった。菜々子も同様で、ボランティア活動と日々の買い物以外ではほとんど外に出なくなっていた。二人とも、猫に夢中になった。

梅吉は日に日に愛らしくなり、生来の足の不自由もさほど気にしてる様子はなく、家の中を勝手気ままに走りまわっていた。もちろん走り方は悪い方の後ろ足を引きずっていて少し気の毒に思える様子なのだが、それでもなかなかの速度で走るし、階段なども苦にしない。やがて掃き出し窓から見える庭に興味を示すようになったが、梅吉は室内飼いすると決めていたので、庭にも出さなかった。代わりに二階のベランダを網で囲い、天気のいい日はベランダで日向ぼっこができるようにしてやると、それがとても気に入ったようで、菜々子か敏雄が階段を上がり始めるとすっ飛んで来て足にまとわりつき、ベランダに通じる寝室の掃き出し窓を開けてとせがむ。室内飼いすると決めてはいても、そんな様子を見ると少し胸が痛んだ。猫だって、外の空気を吸って太陽の光を浴びたいのだ。

三年が過ぎ、世界を新型コロナウィルスが襲った。

敏雄も菜々子も、梅吉同様に家にこもる生活が始まった。地域猫ボランティアの活動は続いていたが、餌やり以外は活動も縮小せざるを得なくなった。二人は梅吉をかわるがわる膝にのせて、ぼんやりとテレビを見ている日々を送った。食料品の買い出しも週に一度にして、できるだけ外出しないで過ごした。

連日、新型コロナウィルスの感染者数が報道され、死者の数が増えていく。ワクチンの接種がいつから始まるのかもわからない。

ある日の午後、昼食を終えて居間のソファに座った敏雄が言った。

「僕たち、遺言を作っておいたほうがいいんじゃないかな」

「何言ってるのよ、縁起でもない。まだお互い、七十にもなってないのに」

「新型コロナにかかったら高齢者は重症化しやすい。いつ僕たちもそうなるかわからないぞ」

「それはそうだけど。でも遺言なんて、何を書くの？　あたしたち子供もいないし、どっちかが先に死んだらお互いの遺産を相続するだけで面倒なことは何もないじゃない」

「気持ちの問題だよ。いい機会だからこれまでの人生を整理してみたいんだ」

「それは好きにしたらいいけど」

「葬儀のこととかも、書いておけば遺されたほうが戸惑わなくて済む」

「あたしはお葬式なんかしなくていいわよ。どうせ実家の両親ももういないし、兄さんとも長いこと会ってない。あたし、兄さんの奥さんともう一つウマが合わないのよねえ。それに青森よ、遠すぎる。わざわざ来てもらうのも悪いし、商売やってるから休みもそうとれないだろうし」

「でもボランティアグループの友達がいるだろう。葬式くらいやらないと」

「本当に簡単でいいわよ。あなたはどうなの？　立派なお葬式がしたい？」

「別に立派じゃなくてもいいよ。僕も本当を言えば葬式なんていらないと思ってる。だけど僕の方は実家は埼玉だしなあ、親は死んじゃってるけど、妹も姉さんもいるし、葬式なしにするならするで、そういうことも遺言に書いておけば、君が悩まなくて済む」

「それはいいけど、突拍子もないことは書かないでよ。宇宙葬にしてほしいなんて書かれても困るから」

「ばか、そんなこと頼むわけないだろう」

敏雄は笑った。

「常識的なことを、念の為書いておくだけだよ。それでも故人の遺志がはっきりしてれば、君があれこれ言われなくて済む」

「誰にあれこれ言われてもあたしは平気。子供を諦めた時点で、老後は二人だけで生きていくって覚悟は決めてたから」

「男の方が寿命は短い。多分僕の方が先に逝くよ。迷惑かけるけどよろしく頼む」

「はいはい、承りました」

そこで、菜々子の膝で丸くなっていた梅吉が、にゃん、と鳴いた。

「おお、そうだそうだ。梅吉のことはちゃんと書いておかないとな、遺言に」

「何を書いておくの？　梅ちゃんのことはあたしがちゃんとするわよ、最後まで」

「最近の猫は二十年以上生きるのもざらにいるんだぞ。梅吉はまだ三才、これから十五年生きたとして、僕も君もその時まで果たして生きていられるかどうかわからない。梅吉をどうするかはちゃんと考えておかないとな」

考えたってどうしようもないじゃないの、と菜々子は思う。二人とも実家とはあまり親しく行き来して来なかった。特に菜々子はもう、最後に青森に帰省したのは母の七回忌、八年も前のことだ。十三回忌は兄からぶっきらぼうな電話があり、法事の費用も馬鹿にならないのでこちらにいる者だけで済ませるから、と言われた。もうあの家に行くことはないだろうな、と、その時菜々子は思ったのだ。

敏雄は菜々子よりはまだ実家と交流があるが、それでも後継の義兄とは昔からあまり気が合わなかったと言っているし、妹たちはそれぞれ嫁いでいて、年賀状のやり取り程度しかないはずだ。生まれたばかりの仔猫ならいざしらず、成猫をひきとってほしいと頼めるような間柄ではない。

もちろん菜々子も、自分たち夫婦が先に逝った時に梅吉をどうすればいいかは考えていた。ボランティアグループの中に無類の猫好きがいて、まだ四十代だが一軒家に住み、資産家だった親から受け継いだ貸し家やアパートの家賃収入で悠々と生活している友達がいる。保護猫の中で貰い手が見つからない老猫や障害のある猫などをひきとり、大切にしてくれている。彼女なら、頼めば梅吉のこともひきとってくれるだろう。もちろん、餌代とそのほか、まとまったお金も渡すつもりだ。そうか、と菜々子は合点した。そうしたことを遺言に書いておけばいいんだ。もし私が先に死んだら私名義の預貯金は全て敏雄が相続することになるけれど、その中からいくらいくらは、敏雄も死んだのちの梅吉の世話代としてあの人に遺す、と書いておけば。

その時菜々子はふと思った。

敏雄にも、そうしたあてがあるのだろうか。そうしたあてがあるから、梅吉の為に遺言を作るなどと言い出したの？

3

白い布に包まれた骨壺箱を仏壇の前に置く。まだ位牌もできていない。葬儀はおろか、火葬される前に顔を見ることすらゆるされなかった。四十年近く連れ添った夫なのに。

運が悪かったのだ。そうとしか言えない。言いようがない。二人とも、決して新型コロナウィルスを侮っていたわけではなかった。外出の際にはマスクを必ず着けていたし、その外出自体、できるだけ控えていた。苦手だったインターネット通販も利用するようになり、月に一度楽しみにしていた二人での外食も取りやめた。菜々子もボランティア活動の際には細心の注意を払っていた。手荒れするほどこまめに手洗いもした。友達とファミレスでお茶を楽しむこともなくなった。敏雄も、散歩を一日おき、二日おきと減らし、出来るだけ人のいない道を選んで歩いていると言っていた。

それでも感染してしまった。

敏雄が、風邪ひいたらしい、と体温計を持ち出した時には、まさかと思っていた。初めは微熱。だが翌朝、敏雄は体がだるいと起きて来なかった。体温は三十八度を超えていた。そのうちに咳き込むようになり、もしかすると、と怖くなって、発熱外来診療をしている医者を探した。タクシーや電車は使わずに、菜々子が運転する軽自動車で病院に向かったのは、たった二週間前のこと。翌日病院から電話があり、罹患していると告げられた。一緒に検査を受けた菜々子は陰性。保健所に連絡すると、とりあえず自宅で療養してくださいと言われた。菜々子自身、いつ感染するかわからない。インターネットで調べて、家族が感染した場合の対策を実行した。敏雄を二階の寝室に寝かせ、菜々子は一階の和室に布団を敷いた。幸いトイレは一階にも二階にもあったので、それぞれ使い分けた。けれど清掃は菜々子の仕事にせざるを得ない。マスクを二重にした上からタオルを巻き、洗濯しやすいスウェットの上下に雨合羽を羽織り、ビニールの手袋をはめ、ガムテープで隙間がないようにぐるぐると巻いた。少し動いただけでも暑さと蒸れで滝のような汗が出た。その格好で日に四回も二階のトイレを清掃し、寝具や寝間着も毎日洗濯した。何事が起こったのかと梅吉が心配そうにニャーニャーと鳴いていたけれど、猫にも伝染するウィルスだと聞いていたので寝室に入れてやることはできなかった。そんな有様が五日ほど続いて、敏雄は一時回復していた。ずっと三十九度前後だった熱も三十七度台まで下がり、なんとか峠は越えた、と二人で喜んだ。ほとんどおかゆ程度しか食べられなかった敏雄がその夜、五日ぶりに青菜のおひたしを食べて、うまいなあ、と笑った。

その翌朝、敏雄は急変した。呼吸が荒くなり、胸が苦しいとのたうちまわる。慌てて救急車を呼んだ。酸素飽和度が80台まで落ちていた。生死に関わる状況ですと、救急隊員が言った。だが敏雄を受け入れてくれる病院はなかなか見つからなかった。夕方になってようやく受け入れ先が見つかり、敏雄は入院した。

最後に敏雄の顔を見たのは、ストレッチャーで運ばれて行くところ。敏雄は人工呼吸器に繋がれ、ＩＣＵに入った。

噂に聞いていたエクモ、という機械は使われなかったらしい。敏雄の死後、医師から説明は受けたが、菜々子は医師の言葉が耳を素通りするのを黙って感じているだけだった。だが、医師が何度も、ご高齢でしたから、と口にするのを聞いていて、漠然と思った。敏雄はまだ七十にもなっていなかった。ご高齢、なんかじゃない。

なぜかたまらなく悔しかった。

病院が紹介してくれた葬儀社に頼むと、後のことは全てやってくれた。

これからどうしよう。菜々子は座り込んだまま、ぼんやりとしていた。敏雄が死んだことをどことどこに知らせたらいいかしら。電話をするのは実家だけでいいかな。あとは今年の喪中葉書でいいよね？

敏雄の交友関係を調べたところで、どの程度の付き合いだったのかまではわかりようがないし。

生命保険は？　終身で入っていたのがあったかしら。

この家と土地は、私と共同名義だ。遺産相続の手続きを取らないと。クレジットカードなんかも止めないとだめよね。

ああ、なんだか途方もない。やることが多すぎて……何もしたくないのに。

私は、悲しくないんだろうか。よくわからなかった。悲しくないはずがないのに。でもまだ、涙も出て来ない。

あまりにも突然で、あっけなくて、理不尽で。

二週間前はあんなに元気だったのに。

にゃあ、と梅吉が鳴く。不安げな顔で菜々子を見上げていた。

菜々子は梅吉を膝に抱き上げた。

「ごめん、ごめんね」

「梅ちゃんのこと、ほったらかしだったね。ごめん。でもね、梅ちゃん。お父さん、死んじゃったのよ。わかる？　もうどこにもいないの。あんたのことが好きで好きで、いつも自分の布団の中に入れて寝てたのにね」

梅吉の顎の下を指で撫でてやると、気持ち良さげに目を細めた。

そうだ、遺言。

敏雄は、梅吉の為に遺言を作ると言ってたんだっけ。その遺言書って、どこにあるんだろう。

菜々子は梅吉をおろし、のろのろと立ち上がった。二階への階段をゆっくりと上がる。寝室の隣りに四畳半程度の多目的ルームがある。建売住宅を買ったので最初からそういう間取りになっていたのだが、多目的、とは名ばかりで、要するに大きめの納戸だ。北側の部屋で隣家との隙間が一メートルもないので大きな窓を作れなかったのだろう、空気の入れ替え程度しかできない小さな窓が一つ。エアコン用のダクト穴もなく、夏場は入るのも躊躇われるような部屋だったが、敏雄はそこを自分の書斎にしていた。学生時代から使っている木製の机と壁一面の本棚。趣味で集めていた映画のＤＶＤ。旅先で買ったちょっとした置物やチェスの駒などが、きちんと整頓されて並んでいた。

遺言書があるとしたらここだろう。でも書き上げてあったのなら、どこに置いてあるか私に教えておかないと意味がないのに。

そう思ったら、胸がズキンと痛んだ。敏雄だってまさか、こんなに呆気なく死んでしまうなどとは想像もしていなかっただろう。梅吉の為に遺言を作ろうと言い出してから、まだひと月余りしか経っていない。遺言書は完成していないのかもしれない。

遺言書がなくても相続には差し障りないだろう。敏雄個人の預貯金がいくらあるのか正確には知らないが、長年生活費はきちんと家計に入れてくれていたし、ボーナスの明細も見せてくれていた。自動車などの高額な買い物は必ず相談してくれていた。なので、菜々子に秘密の財産が何億円もある、などということはあり得ない。

経済的なことでわざわざ遺言しなくてはならないような問題はないはずだ。だが梅吉を「誰に託そうとしていたのか」、菜々子は知りたかった。

敏雄の書斎には滅多に入ったことがない。年末の大掃除を手伝ったり、カーテンを夏用に替えたりする時に入ることはあったけれど、机の上の物には極力触れないでいた。一階のキッチン横には畳二枚分ほどの家事室がある。建売なので希望して作ってもらった部屋ではなく、洗濯機の置いてある風呂の脱衣場とも繋がっている小さな部屋で、アイロンをかけたり、ミシンを置いたりする為の部屋らしいが、菜々子は裁縫が特に好きでもないのでその部屋に小さなテーブルを置き、ノートパソコンを据えていた。つまりそこが菜々子の書斎だ。敏雄はその部屋には入らないでいてくれた。互いにプライバシーを確保することは、大人二人の生活には必要だと思っていた。

そうだ、この部屋をどうしよう。

しばらくは敏雄の物を片付ける気にはなれないけれど、そのうちには決心しないといけないだろう。やっぱり私の書斎にするのがいいのかな。でも、と菜々子は思う。どうせもう、この家に一人と一匹だけになったのだ。書斎、なんて必要かしら。パソコンはリビングで使えばいいいし、本だって雑誌だって、リビングに置いておけばいい。

ため息が出た。この家に一人と一匹。広すぎる。たった三ＬＤＫの小さな建売住宅なのに、それでも一人と一匹では持て余しそうだ。人間一人に必要な空間なんて、そんなに広くはない。

机の上には閉じたノートパソコンが置かれていた。スマートフォンは入院する際に持って行ったので、他の所持品と一緒に袋に入れて返された。消毒はしてあるけれど、袋から出したら念のためにアルコールで拭いてください、と看護師に言われた。だが袋は開けていない。敏雄のスマホにどんな情報が入っているのかに興味など湧いて来なかった。敏雄が生きるか死ぬかの瀬戸際では、そんなこと思い出しもしなかった。それにおそらく、パスワードでロックされているだろう。パスワードを探り出してまで中を見たいとも思わない。パソコンも同じだ。ノートパソコンを起動させようという気にはなれなかった。だがもしかすると、遺言書の作りかけがパソコンの中に残っているかもしれない。もし遺言書が見つからなかったら、起動させてみるしかないかも。

面倒だな、と菜々子は思った。敏雄自体がもうこの世界のどこにもいないのに、そうまでしてあの人が生きていた時のことをほじくり返して何の意味がある？　もし遺言書が見つからなければ、なかった、ということでいい。どうせ遺言書がなければ相続で揉めるような財産はない。梅吉のことならもちろん、心配はいらないのよ、あなた。

だが遺言書は見つかった。ちゃんと作ってあったのだ。机の上のブックスタンドに、書類ケースが立てて入れられていたので取り出して開けてみると、遺言書、と書かれた封筒が入っていた。その下には封筒がもう二つ。一つは、菜々子様、と書かれている。そしてもう一つは、梅吉へ、と書いてあった。菜々子は思わず笑った。梅吉に宛ててまで遺言？ 梅ちゃん、文字が読めるのかしら。

菜々子は三通の封筒を持って階下に下り、紅茶をいれた。リビングのソファに座り、紅茶をすすりながら封筒を開ける。

遺言書、と書かれた封筒には、確かに遺言書が入っていた。だが公正証書の体はなしておらず、ただ普通の便箋に書かれているだけだ。けれど紛れもなく敏雄の字だったし、文末には日付が入り、拇印が押されていた。法律には詳しくないけれど、おそらく法的に有効だろう。

中身はごくごく常識的なものだった。法的な遺産相続に従った内容がほとんどだ。あらかたの資産は菜々子に遺されていた。ただ、預貯金から二百万円を、菜々子がボランティア活動している保護猫グループの親組織であるＮＰＯに寄附することとあった。その他は、葬儀は不要であること、蔵書は菜々子がほしいものだけ残し、他は地元の図書館に寄附できるものは寄附してほしいこと、などなど、細かなことが書かれていた。

菜々子は読みながら、また少し笑った。自分の死後に本の行く先まで気にするところが、いかにも敏雄らしい。けれどまさか敏雄も、これを書いてからひと月も経たずに逝くことになるとは思っていなかっただろう。末尾の日付がひどく悲しかった。敏雄は、自分の余命があとひと月もないとこの時に知っていたら、もっと違う遺言書を書いただろうか。

読み終えた遺言書を封筒に戻し、紅茶をいれ直した。梅吉は、一度菜々子の膝から下りたものの、菜々子がソファに戻るとすぐさま、膝の上に乗る。

梅吉は菜々子よりも敏雄に懐いていた。餌をくれるのは菜々子だとわかっているのでそれなりに愛想を振りまいてはくれたが、敏雄がソファに座っていれば敏雄の膝に乗ったし、敏雄が庭に出ていると掃き出し窓のサッシに顔をくっつけて眺めていた。だが猫というのは、まあそうした生き物だ。敏雄がいなければ、当然、という顔で菜々子の膝で丸くなる。そうしたところが、あっさりしていて猫のいいところだと思う。妻であった菜々子でさえまだ、敏雄の不在を受け入れられないでいるのに、ペットが先に嘆き悲しんでしまったのでは、なんだか妻の立場がない気がする。

本当に、この感覚は不思議だ。もっと悲しまなくてはいけないはずなのに、まだ悲しいという感情が上手に湧いて来ない。心の底に悲しさがあるのはわかっているのに、それを浮上させられない。たった二週間で、あれほど元気で穏やかで、幸せそうだった人がこの世界からいなくなってしまった。心が麻痺している、と言えば近いのかもしれない。

自分宛の封筒を開けるのに、指先が少し震えた。なぜか、怖かった。優しい敏雄のこと、きっと長年連れ添った妻への労いの言葉が並んでいるだけだろう。そうは思っても、自分の死後にいったい何を私に伝えたかったんだろう、と考えると、気持ちが落ち着かなくなる。

『菜々子様
　思いつきで遺言書を作ってみたけれど、僕の人生なんて実に簡単でさっぱりとしたものだったんだな、と再認識して、思わず苦笑してしまいました。
　新型コロナウィルスの蔓延で、毎日毎日、感染者何名、死亡何名と報道されていて、なんだか人の死を数字でしか実感できないような、自分がどんどん鈍感になっていくような怖さがあります。と同時に、僕らが漫然と、来ると信じて疑わない「明日」は、もしかすると来ないのかもしれない、という不安に囚われるようにもなりました。まだ七十にもならないのに、しかも遺産相続で問題が起こるほどの財産もなく、相続人が菜々子一人しかいないのに、遺言書なんて馬鹿げているとも思ったけれど、この機会に自分の人生を一度整理してみようか、という気にもなったのでやってみたのですが、いやいや、あまりにも書くことが少なくて驚きました。まあそれでも、僕の書斎にある本の後始末で君が困るといけないので、それだけは書いておきました。でも面倒ならば書いてある通りにしなくてもいいですよ。古書店に連絡すれば査定に来てくれるから、全部売ってしまえばいい。ただ一冊、リビングテーブルの下に入れてある本は、梅吉が昼寝する時に気に入っているようなので、残してあげてください。

遺言書はありきたりのものしか作れなかったけれど、作っている間、君のことを考えていました。そして、どうせなら、君への感謝の思いを手紙にして遺しておこうかな、と考えました。と言っても、今はこれを勢いで書いていますが、きっとそのうちに気恥ずかしくなって、この手紙は破ってしまうだろうと思います。だからこれは、君が目にすることがおそらくないだろう、君への手紙です。

まず何よりも、本当に感謝しています。君と結婚して一緒に暮らせたことは、僕の人生最大の手柄です。

あの見合いの日のこと、憶えていますか。僕は不思議なほど鮮明に憶えています。上司から持ち込まれた見合いだったので、どこか義理を果たせればいいか、という少し投げやりな気持ちでいたのですが、三笠会館のレストランで挨拶を交わし、顔を上げた時に目に入って来た君の姿は、僕にとって、幸運そのものでした。この期に及んでお世辞など書いても白々しいので正直に書けば、君は美人という感じではなかった。でもこの上なく、優しい愛らしさに満ちて見えました。暖かい春の風が吹いて来たような、そんな気がしました。そして会話を交わしてみれば、君のはきはきとした物言いや、語尾まできっちりと発音する歯切れの良さ、わからないこと知らないことは、わかりません、知りませんと臆せず認め、僕の言葉はちゃんと最後まで聞いてくれる。そしてきちんと反論もする。三時間ほどの会食が終わったあと、僕はもう決めていました。君が断らないでくれるのなら、君と結婚しよう。

　君は断らなかった。そして今、この手紙を僕は書いている。僕の人生はもうそれだけですべて書き表せる。僕は幸せでした。

　けれど、どうせ破ってしまう手紙だから、これまでどうしても君に言えなかったことを二つ、書いてみようと思います。文字にしてみて、言葉で君に伝えるべきか、それとも黙ったままでおくべきかもう一度考えてみたいのです。

　一つ目。僕は知っていました。でも知っているということ、遂に君に打ち明けられなかった。君が僕と見合いをする二年前に、結婚を約束していた人と死別してしまったこと。実は君を紹介してくれた上司の奥様から聞いていたんです。でも、そのことは心にしまって、決して口に出さないでいなさいと言われました。見合いの席で君にひとめ惚れしてしまった時には、そんなことは大したことじゃないと思いました。そして本当に、僕は忘れていました。僕たちが出逢う二年も前のことなのだから、僕たちの人生には無関係なのだと。でもそれは僕の浅はかな考えでした。人を愛したという事実は、そんなに簡単になかったことにできるわけがない。君の心の奥底にその人がずっと生き続けていることを、それから長い間にわたって、僕は何度も思い知らされることになりました。もちろんそれは君のせいではありません。君はほとんど無意識だったのでしょう。でも、幾度となく、僕ではない誰かのことを考えている君に気づくたびに、僕は情けないことに嫉妬を感じ、もはやこの世にいないその人を恨めしく思ったものです。

あなたの好物だからと出された甘い卵焼き。でも僕の母は関西の出身だよね。だから僕の実家では、卵焼きは甘くなかったんだ。あなたの好きな色でしょう、と選んでくれたネクタイ。深い緑色をしたとても美しいあのネクタイを締めるたびに僕は思っていた。緑色が好きだなんて君に言ったことはないのに、と。緑色が嫌いなわけではないけれど、誰かに好きな色はと訊かれたら、僕はいつも、青、と答えていたからね。

こうしてだらだら書いていると、実につまらない愚痴にしかなりません。そして僕は、そのことで君を責めるつもりなんか少しもありません。ただ、心の狭い、人間の小さな僕は、そんなことでくよくよ、うじうじと悩んでいたこともあった、それを今、文字にしているだけなんです。文字にしてしまえばすっきりするような気がして。

そしてそれは、次に打ち明けることに対する僕の言い訳です。僕は卑怯者です。

定年になって引退生活に入った時、本当は再就職しようと思っていました。年金で生活できないわけではないけれど、大学を出てからずっと会社勤めをして来た僕は、定年になって会社に行くことがなくなったら、いったい何をしたらいいのかわからなかった。君にも、働くつもりだと話したよね。でもある日僕は、思いもかけない人と出逢ってしまった。

君のように、愛していたのに死に別れてしまったという悲劇ではなかったけれど、僕も学生時代に恋愛をしていたことがある。君にも交際していた人がいたことは話したけれど、君に言っていなかったのは、僕がその人と二年ほど一緒に暮らしていたことだった。けれど若い時分のことだから、今思い出すといったい何が原因だったのかわからないほど些細なことで二人の心はすれ違い、卒業を間近に控えた頃、僕とその人は別れることになった。以来、その人のことは日に日に遠くなり、学生時代の思い出となって僕の心の中で風化して行った。

それなのに、その人と偶然再会した時に、なぜか僕の心で消えかけていた何かが輝きを取り戻してしまった。その人は僕と別れてからいくつかの恋をして、結婚して、お子さんもできて、そしてお子さんが独立してから離婚して独り身になっていた。着物の着付けの仕事をしながら一人で静かに、けれど楽しく暮らしていた。

ここに誓って書くけれど、その人が僕に対して抱いたのは、ただの懐かしさだったと思う。二人の関係は、昔の顔馴染みで今は茶飲み友達、本当にそれだけです。でも僕たちは、週に一度くらい逢っていました。離れた町の静かな喫茶店で待ち合わせて、他愛のない話に花を咲かせていました。だが僕は、その人に逢うたびに心がときめいて、君に内緒にしていることを後ろめたく思いながらも、どうしても君に言えなかった。昔の恋人と週に一度、コーヒーを飲んで、二時間ほど喋っている、その事を。つまりそれが、僕の本心でした。僕は、心で君を裏切っていました。

僕は再就職をせず、散歩を趣味にした。そして君に嘘をつき、彼女と逢っていました。

こうして書いてしまうと、やはり僕は、君の心にいつまでも生き続けている人を憎悪し、同時に君のことも憎んでいたのかもしれません。昔の恋人と逢ってコーヒーを飲んで話す、ただそれだけのことを特別なことのように感じたのは、君と君の心の中の人に復讐している気持ちがあったのかもしれない。それが僕の正体なのです。本当に情けない、小さい人間です。

彼女はある日、アメリカに住んでいる息子さんのところに行くことにした、と言いました。もうおそらく二度と逢えないだろうと。

それで終わりです。僕たちは笑顔で別れ、今度こそ本当に、すべて終わりました。

彼女と別れて、魂が抜けてしまったような寂しさで呆然としていた時に、君が梅吉を連れて来ました。足の悪い仔猫を抱いて優しく笑っている君を見て、僕は自分がしていたことの愚かさを知りました。この先の僕の人生、残りはさほど長くはないでしょうが、でもその最後の命が尽きるまで、僕はもう君を決して裏切らない。

こんな情けない手紙を書いてしまっている自分が、たった一つ君に約束できるのはそれだけです。

僕はこの手紙を遺さないつもりです。遺す勇気がありません。でも、書いてみたかった。書くことで、気持ちを整理したかった。懺悔したかった。もし君がこれを読んだらとても不愉快になるでしょう。読まされるのは迷惑ですよね。なので、君が読まないようにちゃんと破り捨てます。

ただ、次の結婚記念日までは遺しておきたい。あと一ヶ月と少しです。その間僕は何度かこれを読み返そうと思います。そして次の結婚記念日、僕たちの記念日に、僕はこの手紙に書いた心の呪縛を捨て、新しい人生、君の夫であることを最後まで楽しむ人生を始めようと思っています』

ぼんやりと、壁掛け時計の下に吊るしてあるカレンダーを眺めた。

結婚記念日。来週のはずだった、もう二度と来ない、二人の記念日。


たった一ヶ月先のことですら、人は知ることができない。敏雄は生きていると信じていた。だからこの手紙を書類ケースの中に入れたままでいた。何度か読み返すはずだった。でも、おそらく読み返すこともないまま敏雄は逝った。

いつもの散歩の途中で、近所の誰かと立ち話でもしたのだろうか。その人がマスクをつけていなかったのか。あるいはコンビニにでも入って、好物のサンドイッチと冷たい紅茶を買った時に、誰かが近くでくしゃみでもしたのか。感染経路不明。ただ運が悪かっただけ。

そして破いて捨てるはずだった手紙を、私は読んでしまった。

読んではいけなかった、手紙を。

菜々子はふらふらと立ち上がり、掃き出し窓を開けた。庭の匂いがした。慣れ親しんだ、小さな庭の匂い。土と、申し訳程度の庭木の緑と、思いついた時に苗を買って植えては咲かせる、質素な花の香り。

この庭のように、可もなく不可もない二人の年月。結婚して五年経っても子宝に恵まれなかった時に、話し合って決めた。自然に任せよう。子供がいなくても幸せにはなれる。その通り幸せになった。幸せだと二人とも納得していた。時々喧嘩はしたけれど、大きな波風も立たず、堅実に歩んだ大人二人の人生。端正で無駄のない、そして誰に恥じることもない、平凡だけれど完全な年月。

それは幻だったのだろうか。

夫は妻の心に潜む昔の恋の亡霊に怯えていた。妻は自分が亡霊と生きていることに気づかなかった。

人生の最後に、夫の心は妻を裏切った。

私と敏雄の結婚生活の正体は、いったい何だったのか。

突然、激しい悲しみが菜々子を襲った。涙が怒濤のようにあふれて頬を濡らす。菜々子は声をあげて泣いた。泣きながら首を振り続けた。

違う！　違う！

幻なんかじゃない。あなたは私のそばにいた。私はあなたが好きだった。それは嘘いつわりのない真実だ。

たとえ私の心の中に、遠い日に愛した人の面影が残っていたのだとしても、だから何だと言うの？

私は、あなたと暮らしていた。あなたと生きていた。そのことは絶対に消し去ることはできない。

敏雄の死を病院からの電話で知らされてから今まで、どうやって悲しんだらいいのかわからずにいた。でも今、はっきりとわかる。わかっている。私は泣いている。泣いているの！

あなたがいなくて悲しいのよ！

もう一度、もう一度だけでいい、あなたに逢いたい。逢いたい。逢いたい！

胸が張り裂けるようだ、というありふれた表現の本当の意味を、菜々子は思い出した。

それは痛みだった。激しい痛み。愛していた者を失った痛み。遠い昔に確かに経験していたはずの、けれど幸せな年月のおかげで忘れていた、痛み。

泣いて。泣いて泣いて、泣き疲れて、菜々子は静かになった。息ができないような苦しさが少しずつ収まっていく。

ふと、気配に気づいて振り返ると、梅吉がそばにいた。掃き出し窓が開いているのに庭に飛び出そうともせずに、菜々子のそばにいた。行儀よく揃えた前足に尻尾を巻きつけて。

「……梅ちゃん……そんなもの、どうしてくわえてるの？」

梅吉は封筒をくわえていた。どこか得意げに。

ああ、そうだ。封筒はもう一通あった。梅吉に宛てたもの。猫への遺言。

「ちょっと……それ貸して。梅ちゃん、読めないでしょう」

菜々子は、泣きすぎてしゃっくりが出るのを持て余しながら、梅吉の口元から封筒を取った。梅吉は別段嫌がりもせずに封筒を口から離すと、あくびを一つして箱座りした。

菜々子は床に座り、梅吉に宛てた手紙を開いた。

『(これを読んでいるのはおそらく菜々子だね？　申し訳ないが、梅吉はおそらく字が読めないだろうから、代わりに読み上げてやってください)

梅吉様

人間は自分が死んだ後のことまでいろいろと心配するおかしな生き物です。君たち猫には理解できないだろうね。でもそうすることで人間は、なんとなく安心するものなのだ。だからつきあってください。

これを菜々子さんが君に読んでいるということは、僕が死んだということだが、君のことは何も心配していない。菜々子さんが君をずっと大切にすることは間違いない。君の方が菜々子さんより長生きしてしまったとしても、きっと菜々子さんは君を誰に託すか考えておいてくれるだろう。菜々子さんはそういう人だ。いつもしっかりしていて頼りになる。

ただ、人間の心というものは、案外壊れやすい。菜々子さんにも、辛い時はあるだろう。

君に頼みたいのは、菜々子さんが辛い時に、そっと菜々子さんのそばにいてあげてほしいということだ。できれば静かに、そして菜々子さんが君に気づいたら、その時は頭をそっとすりつけて、菜々子さんの膝に乗ってあげてください。それだけで充分なはずだ。猫が膝に乗ってくれれば、たいていの辛いことは忘れられる。

それともうひとつ。もしかするとたまに、君のからだを借りるかもしれない。君の中に僕の魂が入って、僕が自ら菜々子さんを慰めてあげたいと思うことがあるかもしれない。どうかその時は、ほんの少しの間、快く君のからだを僕に貸してください。

君は人の言葉を話すことができないから、菜々子さんに言葉で伝えることはできないけれど、君の柔らかな毛と愛らしい目があれば、きっと彼女に伝わると思う。いつまでも、愛しているよ、と』

にゃん、と鳴いて、梅吉が立ち上がった。菜々子の膝に頭をこつんとぶつけ、すりんとすりつける。そして、よっこらしょ、という感じでのっそりと、菜々子の膝の上に乗った。

猫が見上げる。

菜々子は猫の目を見つめた。


ばか。

菜々子は言って、笑った。

キノコ煙突と港の絵

永嶋恵美

［1945年・樺太《からふと》］

工場の煙突が好きだった。

建物は学校の校舎がまるごと入ってしまいそうなほど大きいのに、なぜか煙突は小さくて、それが五つほど、一カ所に固まって並んでいた。おちびさん五人組。あでも、煙突は人じゃないから、五人は変だ、などと考えるだけでも楽しい。

けれども、環《たまき》はその煙突が嫌いだという。この日は、社宅の裏手の坂を登って、丘の中腹辺りに腰を下ろして、二人で画帳に絵を描いていた。

「煙突のせいで、上手く描けないから」

「そんなことないよ。たあねえちゃん、上手だよ」

キヨ子が何度そう言っても、環は首を横に振るばかりだった。そういえば、以前にも同じような会話をした覚えがある。あのときは、煙突が嫌いな理由までは訊かなかった。

「だって、屋根にキノコが生えてるみたいになるんだもの。いっぺんでイヤになった」

その煙突は、上に三角の笠をかぶっていて、他の工場の煙突とは違う形をしている。言われてみれば、夏の初めに草っ原に生えるキノコに似ていた。小さな白い斑点のある朱色のキノコは、毒があって食べられないけれども、見た目が可愛らしい。そう思うと、キヨ子は煙突がますます好きになった。

「いいな。キノコ煙突」

「だったら、キヨちゃんがそれ描きなよ。好きなものを描くほうが楽しいよ」

煙突が嫌いだという環は、工場の建物を避けて、丘の中腹から見下ろす景色を描いていた。夏の初めの若草色の中を横切る線路、船が停泊している港、最新式の鉄筋コンクリート建ての真岡《まおか》駅。まだ鉛筆の下書きで、色は塗られていなかったが、完成した絵を想像するだけでキヨ子はわくわくした。

環は絵が上手かった。環が初等科を卒業する年に描いた水彩画は、夏休みの作品展で金賞をとった。キヨ子は同じ年齢になったけれども、金賞どころか、銅賞にだって届きそうにない。

「キノコ煙突の絵、いいじゃない」

「やだよ。工場なんて、面倒くさいもん」

小さいころは、環と一緒になってお絵描きをしていたのに、いつまで経ってもキヨ子は絵が上手くならなかった。絵が苦手な子供の常で、人物を描けば年齢性別不詳になり、建物を描けば単なる長方形になってしまう。まして工場のように複雑な形となるとお手上げだった。

「キノコ煙突だけ大きく描けば？　面白い絵になると思うよ」

「そんなの……」

何が何だかわからないって笑われるに決まってると言いかけて、キヨ子は口をつぐんだ。言葉にしてしまうと、惨めな気持ちになる。言葉にせずに飲み込んだほうがいい。

「海のほうがいいもん」

「そっか。そうだね。好きなのを描くのが一番だよね」

夏休みの宿題は、風景画だった。去年までは何を描いても自由だったのに、今年はなぜか「家から歩いて五分以内の景色を描きなさい」と先生に言われて、頭を抱えた。

キヨ子の家の近くといえば、社宅と神社。どちらも描くのは面倒くさそうだ。それより、海がいい。海ならば、水平線を描いて、空と海を塗り分ければそれで済む。ただ、港となると、自宅から歩いて五分以上かかる。それで、丘を登って描こうと決めた。五分も登れば、海が見える。

そう決めたと話したら、環は、さっそく今から描きに行こうと言った。毎年、絵と工作を夏休みの終わりまでずるずると残しているキヨ子を見かねてのことだろう。苦手な宿題はなるたけ早く済ませるといいんだよ、と。

去年までは、お盆明け辺りで、父と母が朝から晩まで手伝ってくれて、キヨ子は「なんで、もっと早くにやっておかなかったんだろう」と半べそをかきながら宿題を片付けていた。今年は、母だけしかいない。昨年の秋、父は戦地に行った。

キヨ子の家と環の家は、同じ社宅の隣同士で、キヨ子は引っ越してきたその日から、二歳年上の環に遊んでもらっていた。キヨ子は一人っ子で、環は年の離れた兄が一人いるだけだったから、少しくらい学年が違っても、お互いに格好の遊び相手だった。

母親同士も仲が良かった。キヨ子の父が戦地に行ってしまった後は、環と環の母、キヨ子とキヨ子の母の四人でご飯を食べるようになった。環の父は、新しくできる工場の仕事で国境近くの町に行ったきりだし、環の兄も兵隊に取られてしまっていた。

それぞれの家で二人分ずつ食事を作るより、四人分いっぺんに作ったほうが手間も燃料も半分で済むというのが母親たちの言い分だった。もちろん、キヨ子は大賛成だった。環と一緒にいられる時間が増えるのは、それだけでうれしい。

それに、あまり美味しくもない燕麦入りの雑炊も、環と囲む食卓なら我慢できた。このところ、内地からの配給が遅れ気味で、主食は麦か燕麦ばかりになっていた。この辺りでは稲が育たないから、米は他所から運んでくるしかない。

ただ、米がとれるから内地が羨ましい、とは思わなかった。内地は危ない。爆弾を積んだ飛行機が昼も夜も飛んでくると、大人たちは言う。

そこへ行くと、樺太は平和だった。うんと沖のほうにはアメリカの潜水艦が出るらしいが、町中に敵機が飛来したことは一度もない。父が戦地に行っていなければ、それから食卓に目をやらなければ、今が戦争中だということを忘れていられた。

男子中学生は炭鉱の作業に、環たち女学校の生徒は工場や畑の手伝いにかり出されていたが、初等科にはそれもない。いつもと変わらない一学期が終わると、例年と同じ夏休みだった。宿題までもが例年どおりなのは、残念だったが。

「なんか変な絵……」

空と海の色を塗り分けるだけだから簡単だと思っていたが、実際に絵の具を塗ってみると、ただの薄い青と濃い青があるばかりで、空にも海にも見えなかった。

「雲を描くといいよ。ほら、クレヨンで描いたみたいなやつ。白い絵の具を太筆で」

「今日は雲なんて出てないよ」

「出てることにすればいいんだよ。どうせ、描いたときのお天気なんて、先生にはわかんないもん」

言われるままに、白い絵の具を太筆につけてみる。「水平線から出てる雲がいい」と言われて、薄い青と濃い青の境目から、もくもくした雲を描き入れた。不思議なもので、それだけで青の濃淡が海と空に見えなくもない、程度の形にはなった。

「それからね、絵の具が乾いたら、端っこに木の枝とか葉っぱを描くの。そうすると、丘の上から見下ろしてるみたいになるから」

「たあねえちゃんは、すごいなあ」

どうにもならないキヨ子の絵を、それなりに見られるものにしてしまうのだから。

「大人になったら、絵の先生になればいいよ。それか、絵描きさん」

「うーん。どっちもいいや。それよか、電話交換手になりたい」

最近、勤労奉仕で郵便電信局の手伝いに行くこともあるという環は、電話交換手の仕事を見て憧れを抱いたらしい。郵便の窓口にしか行ったことがないキヨ子には、「交換用の受話器を頭につけて」と言われても、さっぱり想像がつかなかったが、環によると、それはそれは格好がいいものだという。

「キヨちゃんは、大人になったら何になりたい？」

環のように絵が上手いわけでもなく、学校の成績も普通で、かといって、まだ勤労奉仕でどこかに手伝いに行ったこともない。なりたいものと言われても、何も浮かばなかった。

何気なく社宅のほうを見下ろすと、茣蓙《ござ》を広げてままごとをしている小さな女の子たちが目に入った。葉っぱや花を摘んでは、小さくちぎってお菜に見立てて遊んだことを思い出す。春の遅い樺太では、初夏になると野草が一斉に花を咲かせたから、この季節のままごとは材料に事欠かなかった。

中でも、コウリンタンポポは鮮やかな橙色で、花びらをばらばらにして緑の葉に載せればそれだけで「ご馳走」に見えた。たくさん摘んだ日のおままごとは、ご馳走の大盤振る舞いだった。だから、白い花々の名前はまともに覚えていなかったのに、コウリンタンポポだけはちゃんと名前で呼んだ。

そういえば、最後におままごとをして遊んだのは、何年前だろう？　たあねえちゃんと私、どっちがお母さん役だった？　どっちにしても楽しかった……。

「ああ、そうだ。お嫁さんがいい。大人になったら、お嫁さんになる」

我ながら、とってつけたような言い方になってしまった。環もそう思ったのだろう、絵を描く手を止めて、くすくすと笑った。

「そろそろ帰ろうか。昼ご飯を食べたら、すぐに学校に行かないと」

キヨ子は夏休み初日だったが、勤労奉仕に夏休みはない。今日はたまたま午前中だけ休みだったのだという。その貴重な休みをつぶして、環はキヨ子の宿題に付き合ってくれたのだ。

「たあねえちゃん、ありがとね」

絵の具箱をばたばたと片付け、筆洗の水を草むらに流すと、キヨ子は環と一緒に坂を駆け下りた。


父が戦死したとの電報が届いたのは、その日の夜だった。

布団を敷いている真っ最中に、玄関の扉を叩く音がした。奥山《おくやま》さん、奥山さん、と大声で呼ぶ声も。それを耳にした瞬間から、ひどく胸騒ぎがしていた。玄関を開ける母の背中越しに、カンテラの明かりが揺れるのを見て、ますます嫌な気持ちになった。

『エイキチ　センシ。スグカエレ』

背伸びをして母の手許を覗き込み、ぎょっとした。エイキチ、栄吉《えいきち》は父の名だ。すぐ帰れ？　帰るってどこへ？

母の手が震えていた。配達員が一礼して帰っていくなり、母はその場に座り込んでしまった。しかし、キヨ子が「お母さん」と言った途端に、弾かれたように立ち上がった。

「係長さんのお宅へ行ってくるから、先に寝ていなさい」

それだけ言うと、母は飛び出していった。七月とはいえ、外は肌寒い。なのに、上着を羽織ることさえ忘れていたようだった。

キヨ子は自分の部屋に駆け込んで、布団を頭からかぶった。もう何も考えたくなくて、きつく目を閉じた。が、頭の芯が妙に冷え冷えとして、少しも眠くならなかった。

それでも、目を開けたら朝だった。あれほど眠くないと思っていたのに、眠ってしまった自分に腹が立った。

「環ちゃんのところで朝ご飯を食べさせてもらっておいで」

「お母さんは？」

「支度があるから」

何の支度かと尋ねるまでもなく、母の手は行李に着替えを詰め込んでいた。きっちりと畳まれた喪服も傍らに置かれていた。

「帰ってきたら、あんたも支度しなさいね。もう戻ってこられないかもしれないから、大事なものは荷物に入れて」

母はたいしたこともない口調で言ったが、もう戻ってこられない、という言葉が耳に重く響いた。父の葬儀のためとはいえ、これから内地へ行くのだ。敵機が頭上を飛び交い、雨でも降るように爆弾が落ちてくると聞いている。

キヨ子は急いで絵の具箱から水彩絵の具を取り出した。今では絵の具は貴重品だったが、絵が苦手なキヨ子はいつまでも使い切れずにいた。たあねえちゃんに、これをあげようと思った。他に形見となる品などひとつも思いつかなかった。

後になって知ったのだが、召集令状も戦死公報も、本籍地の新潟《にいがた》に届けられていた。父が入隊したのも樺太ではなく、新潟だった。そして、戦死公報は新潟の実家に届き、それを受け取った父方の祖父が、母とキヨ子を呼び戻すために電報を打った。

母の「戻ってこられないかもしれない」の本当の意味は、「もう樺太に戻る気がない」だった。母も父と同じ新潟の出身で、製紙工場に職を得た父と共に樺太に渡った。その父が死んでしまえば、母には樺太に残る理由がなかった。たとえ内地が危険でも、親類縁者が一人もいない土地に残るよりましと考えた。

父の直属の上司も、その辺りの事情を汲んでくれたのだろう、あちこちに手を回して、内地へ向かう船の切符を用意してくれた。ただし、翌朝に大泊《おおどまり》港を出る船に乗るという強行軍で、隣近所への挨拶すらままならないほど、慌ただしい出立となった。船を下りた後も、幾本もの汽車を乗り継がねばならず、父の実家にたどり着いたときには、八月になっていた。

葬儀といっても、遺骨が戻ってきたわけではないから、形ばかりのものだった。葬儀が初めてなら、父方の祖父母や従兄弟たちに会うのも初めてで、キヨ子はひたすら緊張して座っていた。ただ、母にとっても父の実家、奥山家は居心地が良いとは言えなかったのか、葬儀が終わると、その足で母は自らの実家へ戻った。

大勢の従兄弟たちがいた奥山の家と違って、胡藤《こ とう》家には同じ年頃の子供はいなかった。唯一の従兄はすでに成人していたこともあり、母方の祖父母はキヨ子を甘やかし、頻りと機嫌を取ってくれた。

これなら、ここで暮らすのも悪くないと考えたところで思い出した。「私も手紙を書くから、キヨちゃんも書いてね」という環の言葉を。あのときは、手紙の宛先など考えもしなかった。キヨ子自身、奥山家の住所も、胡藤家の住所も知らないのだ。このままでは、環の手紙が迷子になってしまう……。

キヨ子が半泣きになっていると、「大丈夫。環ちゃんのお母さんに、ここの住所を教えてあるから」と母は笑った。真岡を発つ時点で、母は父の家ではなく、自分の実家に帰ると決めていたらしい。

もう樺太に戻れないのはわかっていた。真岡にいた間は遠い出来事だった戦争も、大泊港を出た途端に現実のものとなった。海軍の船に護衛されての船旅は生きた心地がしなかったし、汽車の中では空襲で焼け出された人々と乗り合わせたりもした。あれをもう一度やれと言われても、絶対に無理だ。ならば、せめて手紙のやり取りをしよう、無事に新潟に着いたと、さっそく環宛てに手紙を書こうと思った。

だが、結果的に、環との文通は実現しなかった。それどころか、樺太に残った環の消息さえ、わからずじまいだった。

［2021年・新潟／埼玉］

埃だらけの文学全集を棚から引っ張り出して、重ねてビニール紐をかける。マスクをかけているのに、カビ臭さが鼻の奥まで侵入してくるようで、紗季《さき》は顔をしかめた。

「茉菜《まな》！　運ぶの手伝って！」

階段の下へ向かって怒鳴る。ちょうど今は、母と叔母は祖母と一緒に外の物置で作業をしている最中だから、怒鳴り声を聞かれる心配はない。

「茉菜ってば！」

紗季は諦めて紐でくくった箱入りの本を両手に持って階段を下りた。この家は無駄に広いのに、なぜか階段だけは狭い。子供のころ、ここで遊ぶのが好きだったのは、身体が小さくて狭さが気にならなかったからだろう。

玄関先に本を置き、奥の納戸へ向かう。玄関から台所までの廊下は掃除されていたが、台所から奥は手つかずだったらしく、積もった埃の上に奥へ向かうスリッパの跡がついている。

奥まで聞こえるように、わざと足音をたてて歩いても、何の返事もない。やっぱりな、と頭の片隅で思いつつ、納戸の引き戸を全開にした。

「茉菜！」

壁一列に並べられた桐箪笥の引き出しを開けっぱなしにして、茉菜が中身をせっせと取り出している。紙包みを開き、「あー」だの「きゃー」だのと声を上げ、紗季が声をかけたのに全く気づいていない。

『茉菜だけ連れていったら、着物目当てなのが丸わかりで恥ずかしいから、あんたも一緒に来てちょうだい』

母は正しかった。曾祖母の着物に目の色を変える妹の「恥ずかしい姿」に、紗季は大きくため息をついた。

祖母が家と土地を手放すことに決めたと言い出したのは、祖父の三回忌のときだった。祖父は闘病らしい闘病もせず、心筋梗塞であっという間に亡くなったため、祖母はしばらく何もする気にならずに呆然として過ごしていたらしい。

それでも、一年が過ぎ、二年も経つと、広い家に一人で暮らすのは合理的でないと考えるようになった。

祖母はまだ七十になったばかりで、外見的にも若く見えるほうだったが、本人は体力の衰えを痛感させられていたという。掃除は玄関と台所と居間と仏間が精一杯で、それ以外の部屋も掃除をと思えば一日がかりになってしまう。ちょっと買い物をと思っても、この近所に店は少ない。それまでは祖父の運転する車で出かけるのが当たり前だったから、徒歩と公共交通機関だけの生活がこれほど不便だとは想像もしていなかった。

現時点でも不便なのに、この先、足腰が弱ったら、日常生活に支障を来すのは間違いない。だったら、家と土地を売って、駅近のマンションを買おう。……というのが祖母の考えだった。

それで、地元の不動産業者に相談を持ちかけたところ、昭和の時代に建てられた家では買い手がない、家を壊して更地にしたほうが良いと言われた。そのためには、まず「中身」を処分して家を空っぽにする必要がある。そうでないと、取り壊しの作業には移れない。

祖父の三回忌は二月で、東京と埼玉は緊急事態宣言の真っ只中、新潟にも県独自の新型ウィルス警報が出されるといった状況だった。家と土地を手放すといった話題が出せたのも、コロナ禍で身内以外に人を呼べなかったおかげである。そもそも三回忌の法要でさえ如何なものかと紗季などは考えたが、年寄りにとって故人の供養は己の命よりも大事なものらしい。

ともあれ、暖かくなって、多少なりとも状況が落ち着いたなら家の中を整理したいという祖母の意向に異を唱える者はいなかった。伯父夫婦と独身の叔母は東京、紗季たちは埼玉に住んでいて、祖母の家がある新潟までは県境をまたいで移動しなければならなかったが。

その場にいたのは、紗季だけで、茉菜はいなかった。というのも、茉菜は受験生で、国公立の二次試験を目前に控えていたからである。

ところが、祖母の家を片付けることになったという話を聞いた茉菜は、当日は自分も行くと言い出した。母と叔母は祖母の手回り品以外は、業者に引き取ってもらうと言っていたから、紗季は不参加を決め込むつもりだった。何しろ、この四月から社会人一年生である。週末は体力温存に努めたい。茉菜が受験を理由に法事を欠席したのだから、自分の欠席理由だって認められて然るべき……と思っていた。

思っていたのだが、茉菜の参加理由が、片付けを手伝うなどという殊勝なものではなく、曽祖母の着物を貰い受けたいというものだと判明した。茉菜はちゃっかり新潟に電話をかけ、「ひいばあちゃんの着物なんかで良ければ、好きなだけ持って行くといいよ」という祖母の言質をとっていたのである。

「茉菜だけ連れていったら、着物目当てなのが丸わかりで恥ずかしいから、あんたも一緒に来てちょうだい」

母に懇願され、貴重な週末を提供するしかなくなった……。


好きなものに夢中になる気持ちはわかる。紗季にだって、ありったけのお金と時間をつぎ込む対象があった。ただ、気持ちはわかっても、こちらの時間と体力を強奪されるのはいただけない。

「少しは二階の片付けも手伝いなさいよ。自分のことだけじゃなくて、ちゃんとやってよね」

やっと顔を上げた茉菜が口を尖らせ、今度は「えー」とも「うー」ともつかない声を出す。

「ちゃんとやってるよぉ。私、納戸の整理をおばあちゃんから任されたんだもん」

「じゃあ、さっさと終わらせてよ」

すると、茉菜は「無理」ときっぱり言い切った。

「お姉ちゃん、手放しちゃいけない着物と、古着屋に売っていい着物と、フリマアプリで売ったほうがいい着物、この違いってわかる?」

着物に全く興味のない紗季は、それを言われると首を横に振るしかない。

「あんた、それ全部わかるの？」

「あったりまえじゃん」

茉菜は子供のころからやたらと着物が好きだった。七五三の着物なんて、紗季は記念写真を撮り終わるなり脱ぎ捨てたものだが、茉菜は夜になるまで着続けていた。中学で茶道部に籍を置き、顧問の教師から着付けを習うと、着物好きにますます拍車がかかり、祖父母の家に遊びに行くたびに、一枚二枚と曽祖母の着物を持ち帰るようになった。

紗季からすれば、図々しいことこの上ない話だが、祖母は喜んでいたようだ。何しろ、娘たち、つまり母と叔母はまるで着物に興味がなく、納戸いっぱいの着物は文字どおり「箪笥の肥やし」だった。

「戦争のときに、お米とか野菜とかを買いに来た人たちが置いてった着物だから、けっこういい物がまざってるんだ。これなんて、総疋田だよ？」

「ソーヒ……何？」

「わかんなくていいや。とにかく、めっちゃ高いの」

タケノコ生活。社会科の授業で習った言葉が思い出された。祖父の代で大幅に縮小してしまったが、それ以前の胡藤家は結構な規模の米農家だったらしい。

「これ、なんだろ？　帯留めとかかな？」

引き出しの中から平べったい木箱を取り出した茉菜が首を傾げる。進物用のそうめんでも入っていそうな箱だった。

「やっぱり、小物だ。この櫛と簪、戦前のだよ！　一円四十銭って書いてある！」

言われて覗き込むと、黒塗りに千鳥の模様が入った櫛と、おそろいの簪だった。一円四十銭が高いのか安いのか、紗季にはわからない。

「こっちの帯留めは金具を交換しないと駄目かなあ。ん？　なんだろ、これ。子供の字？」

葉書だ。紙の縁が少し茶色くなっているところをみると、そこそこ古いものなのだろう。葉書の裏面には、確かに拙いカタカナが並んでいる。

「オアズカリ　シテイル　モノ　アリマス　レンラク　クダサイ」

茉菜が葉書をひっくり返す。表面には漢字で新潟の住所と「胡藤様方　奥山チヨ子様」と書かれている。ただし、縦書きではなく、横書きだ。そして、その下にある文字を見て、紗季は目を見開いた。

「奥山チヨ子って誰？」

茉菜の声はもう耳に入ってこなかった。気がついたときには、葉書をひったくっていた。

「ちょっと、お姉ちゃんってば！」

宛先の下に書かれていたのは、「日本」を意味する文字。

「これ、ロシア人からだよ！」

差出人の名前は、一目で読めた。ロシア語の「B」は英語の「V」と発音が同じ。それから、アルファベットの「N」を鏡に映したような文字は、英語の「I」に当たる……。紗季がありったけのお金と時間をつぎ込んだアニメのキャラクターと同じ名前がそこに書かれていたのである。


奥山というのは、曽祖母の父、つまり紗季たちの「ひいひいじいちゃん」の苗字だと祖母は言った。さらに、曽祖母が樺太で生まれ育った、ということも。

「ひいばあちゃんって、外国に住んでたの!?」

「外国じゃないでしょ。当時は日本領」

大学生にもなって、あまりにも頭の悪いことを言う茉菜に、思わず紗季は突っ込みを入れた。

「知ってるよう。日露戦争で樺太をロシアと半分コにしたって、日本史に出てくるもん」

曽祖母がその樺太に住んでいたとは、初耳だった。紗季がそう言うと、祖母はうなずいた。

「ひいばあちゃん、子供のころのことは、あまり話したがらなかったからね」

曽祖母が樺太から新潟に戻った後、跡継ぎとなるはずだった従兄が病死した。親族の男子もほとんどが戦死しており、曽祖母が婿養子をとって胡藤の家を継ぐことになった。そして、祖母が生まれた。祖母も三人姉妹の長女だったから、婿養子をとった。

「だからね、ひいばあちゃんが樺太にいたって聞いたときは、びっくりしたのよ。テレビ見てたら、いきなり、ここに住んでたって言うんだもの。ちょうど真岡の事件の番組でね」

「マオカの事件って？」

「終戦直後にね、樺太の電話交換手の女の子たちが集団自殺したの」

日本が無条件降伏をした八月十五日の後も、ソ連軍は戦闘を止めずに侵攻を続けた。そして、八月二十日に真岡港に上陸、民間人を含めた無差別攻撃が始まった。その際、ソ連兵による暴行を恐れた郵便電信局の女子交換手たち九名が服毒での自死を選んだ。それが真岡郵便電信局事件、「北のひめゆり」とも呼ばれる事件だと祖母は教えてくれた。

「もしかして、その中に、ひいばあちゃんの友だちがいたとか？」

「それはなかったみたい。おばあちゃんもね、同じことを訊いたのよ。そしたら、ひいばあちゃんは違うって」

「良かった」

曽祖母の親しい人が死んだわけじゃなかったんだと安堵する紗季に、祖母は「でもね」と続けた。

「あの日、真岡で亡くなったのは電信局の九人だけじゃなかったって。名前が出なかっただけで、同じ日に、大勢の人が射殺されたんですって。ひいばあちゃんも、終戦まで真岡にいたら、生きてなかったかもって言ってた」

曽祖母は昭和二十年の夏に、父親の葬儀のために新潟へ戻り、その後、母親の実家、つまり胡藤家に身を寄せ、終戦を迎えた。

「他に、樺太のこと、何か言ってた？」

「それだけよ。そのすぐ後に、ひいばあちゃんは亡くなったから」

曽祖母が亡くなったのは、紗季が幼稚園に入る前だった。茉菜はまだ赤ん坊だ。

「この葉書、ひいばあちゃんは何て言ってたの？」

葉書を受け取った後、曽祖母があの箱の中にしまい込んだと思ったのだが、違っていた。葉書が届いたのは、曽祖母の死後だった。

「外国の切手が貼ってあって、ひいばあちゃんの名前が書いてあったからね。樺太からだって、ピンときたんだけど……」

「あれ？　ひいばあちゃんの名前はチヨ子じゃないよね？　キヨ子じゃなかった？」

「たぶん、キとチを書き間違えたんだろうね」

差出人は、ロシア人。カタカナとはいえ文章を綴ることができて、宛先を漢字で書けたのだから、それなりに日本語はわかるに違いない。それでも、キとチを書き間違えた。

「それに、番地が古いままだったから、昔の知り合いなのかなあ、とも思ったんだけど」

古い番地のままでも、キヨ子をチヨ子と間違えても、ちゃんと届くのが田舎のいいところだ。平成の大合併前までは、住所が途中で途切れていても「胡藤」とあれば届いたらしい。

「相手が外国人じゃあ、連絡するのも……ねえ。ひいばあちゃんが生きてたなら、まだしも」

それもそうだな、と紗季は思ったが、茉菜が「形見の着物とかだったら、もったいないじゃん」などと口を挟んでくる。

「ないない。そんな都合のいい話、あるわけない」

いずれにしても、「オアズカリシテイルモノ」を受け取るべき曽祖母はこの世にいなかった。それに、祖母の話では葉書が届いたのは、もう十五年以上も前の話だ。

「ただ、ひいばあちゃんが住んでたのって、真岡ってとこでしょ？　ここに書いてある住所は全然別の場所なんだよね。なんでだろ？」

葉書の表面をスマホで撮影し、画像データを検索にかけてみたのである。ロシア語の文字がよくわからなくても、検索エンジンなら文字を読み取ってくれる。

その住所は、ユジノサハリンスク。サハリン州の州都で、日本統治時代は豊原《とよはら》と呼ばれた場所だった。曽祖母が住んでいたという真岡は、現在、ホルムスクという地名になっている。

「気になるなあ。ねえ、おばあちゃん。調べてみてもいい？」

祖母が答えるよりも先に、茉菜が異議を唱えた。

「やめときなよ。だって、外国人だよ？　犯罪組織とかにつながってたら、どうすんの？」

「外国人イコール犯罪者って、差別じゃん。そういうの良くないと思う」

「差別とかじゃなくて、無防備だって言ってんの。葉書で連絡をとるってことは、まだこの住所がイキてますって教えることだよ。絶対、危ないって」

茉菜の言わんとしていることはわかる。正体不明の相手に、個人情報のごくごく一部であっても、知られてしまうのはまずい。

「こっちの住所は知られないようにする」

「どうやって？」

疑わしげな目を向けてくる茉菜に、紗季は「ネットの集合知」と答えた。

祖母から「調べてもいい」とお墨付きをもらった後、まず紗季がしたのは、高校の同級生にSNS経由で連絡を入れることだった。「友だちの友だち」レベルまで範囲を広げれば、外語大に進学した同級生が複数いたはずだ。補欠合格とはいえ、それなりの進学校に滑り込めた運の良さに感謝した。

この一年、リアルでの交流が減った分、SNSでの交流が活発になっていた。おかげで、その日のうちに、一年生のときのクラスメート、三河雅美《みかわまさみ》が外語大に進学していたという情報を得た。予想以上に近いところに該当者がいたのだ。ただし、彼女の専攻はウルドゥー語だという。さすがに都合良くロシア語学科卒とはいかなかった。

『タカやん！』

懐かしい呼び名だった。当時はなぜか、苗字をもじった呼び方が流行っていて、紗季は苗字の「高山《たかやま》」から三文字をとって「タカやん」と呼ばれていた。思わずこちらも『ミカりん！』と答え、お互いの近況を報告し合ううちに、文字だけのやり取りが通話アプリを開いてのおしゃべりとなった。

雅美とは二年生と三年生が別のクラスだったし、進学先の大学も別だったせいで、なんとなく連絡をとらずにいたが、一年生のときには机をくっつけてお弁当を食べるグループの一人だった。こんなことでもなければ、そのまま疎遠になっていたかもしれない。

祖母の家で発見した葉書の一件を話し、ロシア語学科の知り合いを紹介してほしいと頼み込んだ。辞書を片手に自力で何とかできるほど、ロシア語は生易しいものではないことを紗季は知っていた。例のアニメに熱中していた際、独学でロシア語を習得しようと無謀な挑戦をしたのである。結果は、ロシア語の辞書や翻訳サイトを使いこなすだけでも、それなりの文法の知識が不可欠、英語のようにはいかない、という事実が判明しただけだった。

同じ轍は踏まない。今回は、最初からロシア語がわかる人材を用意することから始めようと思った。

『もしかしたら、アポとるのに時間かかるかも。それでもいいなら』

もちろん、それで構わないと返信した。すると、雅美は『もうひとつ条件つけていい？』と訊いてきた。

『顔出しアリのＺｏｏｍでいい？　それと、私も入れてね。超絶興味あるから！』

条件、ひとつじゃなくてふたつになってるよ、と紗季は思わず突っ込んだ。

時間がかかるかもと予防線を張られた割に、早いレスポンスだった。ＳＮＳで連絡をとった翌日、つまり日曜の夜には雅美から『明日の夕方ＯＫ？』とメッセージが入った。

ただ、紗季の職場はリモートワーク不可だったから、Ｚｏｏｍミーティングの開始時刻は夜にしてもらった。夕方では、まだ電車の中だ。

『初めまして。上野《うえの》です』

ノートパソコンのディスプレイに自分と、雅美と、もう一人の顔が映るなり、戸惑った。雅美の知り合いだから、てっきり同い年の女性を連想していたのに、Ｚｏｏｍの画面に現れたのは男性だった。しかも、雅美が「上野センパイ」と呼んでいるから、年上なのだろう。

この事前情報ゼロはあんまりじゃない？　と思ったが、考えてみれば高校時代から雅美は人を驚かせるのが好きだった。それを忘れていたのは自分のほうだ。

『だいたいの説明は、三河さんから聞きました。確認のために要点を整理しますね』

学校の先生みたいな話し方をする人だな、と思う。それも数学の先生だ。いや、外語大のロシア語学科の人なのだから、それはあり得ないけれども。

『葉書の通信文の画像に、ヴィクトル・ウスペンスキーという差出人の名前と、ロシア語のメッセージを添えてＳＮＳで拡散したい』

あの苗字、ウスペンスキーって読むんだ、と内心でつぶやく。やはり、雅美に頼んで良かったと思う。自分一人では、名前の読みひとつ調べられなかったのだから。

『ただし、こちらの名前や住所がわかることは書かない。アカウントも捨てアカをとる。それでいいですか？』

紗季はうなずいた。カタカナで書かれた「オアズカリシテイルモノアリマス」の部分を大写しにした画像と、それを書いたと思われる人物の名前とサハリン州からの差し出しという情報だけなら、こちらの個人情報が特定されることはない。さらに、「心当たりのある方は連絡をください」という文面をロシア語にしてもらえば、日本人によるデマや嫌がらせをある程度はシャットアウトできるのではないか。何しろ、日本におけるロシア語人口は少ない。紗季の出身大学などは、ロシア語学科どころかロシア語の授業さえなかったほどだ。

ただ、それを実行に移すには、ロシア語の文章が書けて、かつ何かレスポンスが来た際にそれを読める人物の協力が必要だった。

『それで、ご提案なのですが、捨てアカを使うのは止めておきませんか？』

「え？　でも……」

『知り合いのロシア人に頼んでみようと思うんです。そのほうが、信頼できる情報が集まる』

「ロシア人のお知り合いがいらっしゃるんですか？」

『一応、ロシア語が専門ですから』

「あっ。そうですよね。すみません」

間抜けな答えを返してしまった。しかし、上野は気を悪くした様子もなく続けた。

『このミーティングの後に、連絡とってみますよ。今は彼もリモートワークだから、すぐに捕まると思います』

「ありがとうございます。ものすごく個人的なお願いなのに……いろいろすみません」

『いやいや。こんなおもしろい話なら歓迎ですよ。一九四五年といえば、七十年以上前でしょう？　それがいきなり二〇〇五年、いや、二〇〇四年でしたっけ？』

「二〇〇五年です」

『そう、なぜその時期だったか、ですよ』

ソ連崩壊で、海外とのやり取りがしやすくなったから、という理由なら、もっと早くに葉書が届いていたはずだという。何より、この差出人は何を預かっているのか？　興味は尽きないと上野は言った。

『上野センパイなら、絶対食いつくと思ってた。この手の話が大好物ですもんね』

食いついてくれる人で良かった。雅美がこの人と知り合いで良かった。紗季は、心の中で雅美に手を合わせた。


葉書が投函されたのが十五年以上前だから、そこがネックになると言われていた。もしかしたら、日本から何の返事もなかったことで、「預かっているもの」を処分してしまったかもしれない。その場合は、たとえSNSの画像を見て自分の書いた文字だと気づいても、レスポンスを返す気になれないだろう。

もう少し早く葉書の存在に気づいていればと思わないでもなかったが、祖母が家と土地を手放す気になったからこそ、あの納戸の整理があり、葉書の発見があった。それに、紗季自身も今の年齢だから、こうして行動を起こす気になった。そして、多少なりともロシア語に興味を持った後だからこそ。これが十年前だったら、祖母と同じように放置していた。そうするしかなかった。

だから、その年月ゆえに謎が解けないのなら、そういう巡り合わせだったのだと諦めもつく。実際、諦めかけていた。上野の知り合いというロシア人がSNSでの拡散を試みてくれて、一ヶ月が経っていた。SNSの情報拡散は早い。一ヶ月も無反応ということは、何も情報がないのも同じ……。

とはいえ、この一ヶ月は楽しかった。リアルで友人と会ったり、飲み会をしたりがしづらい時期が続いただけにZoomでの「中間報告会」は貴重だった。

『今日も報告できることがないです。ごめんなさい』

そんな申し訳なさそうな言葉の後には、他愛のないおしゃべりが始まった。

上野はこの四月から修士課程に進んだばかりだということ。雅美が上野のことを「センパイ」と呼んでいるが、実際、上野のほうが年上なのだが、それは大学に入り直したからであって、雅美とは同級生であり、同じサークルの仲間だったこと、上野の紹介で雅美が今のカレシと付き合い始めたこと……。

大声でしゃべって、笑って、そんな時間を過ごしていると、ヴィクトル・ウスペンスキーなる人物が見つからなくても構わない気がしてきた。むしろ、彼が見つかって、謎が解けてしまえば、この時間は終わってしまう。そのほうが寂しい。

スマホのゲームアプリで、必要ないときには特定のアイテムが出るのに、欲しいと思ったときほど出なくなるという現象を「物欲センサーが働いた」と言うが、リアルでも物欲センサーが存在するとは思ってもみなかった。

もう謎が解けなくてもいいと思い始めた矢先、上野から『見つかりました！』とメッセージが入ったのだ。

紗季の知り合いにロシア人はいないから、外見から年齢を推定するのは難しい。ただ、ヴィクトル・ウスペンスキー氏の顔がＺｏｏｍの画面に映し出された瞬間、「熊みたいなおじさん」だと思った。

『はじめまして。ヴィクトルです』

流暢な日本語だった。ヴィクトル氏はユジノサハリンスクで観光ガイドの仕事をしており、二十年前には日本で働いていたこともあるらしい。雅美と違って、上野はきちんと事前情報をくれたのだ。今になって連絡してきたのは、ヴィクトル氏がつい先日まで入院していたからだという。

「すみません。お体の具合、まだ本調子じゃないんでしょう？」

そう言った後で「本調子」が通じただろうかと心配になった。

『いえいえ。ヤミアガリですが、ダイジョブです』

杞憂だった。むしろ、心配すべきは自分の語彙力のほうかもしれない。

『二〇〇五年に、私の伯父、死にました。伯父の家に、小さな絵、ありました。これです』

　ヴィクトル氏がウェブカメラにその絵を近づける。港を描いた絵だった。桟橋や停泊する船などが細かく描き込まれている。何でも、その絵はずっと額縁に入れられて、壁に飾ってあったらしい。それで、誰も絵の裏側には気づかなかった。ヴィクトル氏の伯父が亡くなり、遺品が整理されるまでは。

『裏に、住所ありました。手紙でした。それで、その住所に、ハガキ出しました』

　港の絵がひっくり返される。あっ、と思った。あの葉書に古い番地の住所が書かれていたのは、この住所を書き写したものだったからだ。

　曽祖母の名前が「チヨ子」となっていた理由も判明した。その宛名を書いた人は結構な癖字だった。外国人だから「チ」と「キ」の区別がつかなかったのではなく、もともと紛らわしい字が書かれていたのだ。

「すみません、もう少しカメラに近づけてもらえませんか？」

　癖の強い文字だったが、解読に苦労することはなかった。文面は短く、文字は大きい。

　無事に内地に着きましたか。キヨちゃんからもらった絵の具で港を描きました。この前の絵も完成しました。キヨちゃんに見せたいな。いつか、こっちに帰ってきたら見てね。お元気で。

　真岡郡で始まる住所に続く名前は「坂下《さかした》環」とある。切手は貼られていたが、消印はない。祖母の言っていた「真岡郵便電信局事件」が脳裏をよぎる。この葉書は、投函される前だったか、或いは投函されたものの、集配業務が行われることなく放置されたか……。

『その絵、伯父のお気に入り、でした。ずっと昔の、ホルムスクの港です』

ホルムスク、真岡だ。ヴィクトル氏の伯父が葉書を手に入れた経緯は、今となってはわからない。本人からもらったとは考えにくいから、拾ったのかもしれない。或いは、坂下家に置いてあったのを勝手に持ち出したのかもしれない。

ただ、額縁に入れて飾っていたのだから、よほど気に入ったのだろう。少なくとも、持ち主を殺して奪ったといった物騒なことはなかったはずだ。

『ほんとの持ち主に、返さなければ、思いました。この絵、見せたかった』

日本語が堪能なヴィクトル氏には、短い文面であってもそこに込められた気持ちが察せられたのだろう。ホルムスク在住の身内がいたのだから、終戦後の「真岡」の状況もある程度は聞いていたのではないか。

名前が出なかっただけで、同じ日に、大勢の人が射殺されたんですって、という祖母の言葉が耳に蘇った。この葉書を書いた「坂下環」も、その中の一人かもしれない。ヴィクトル氏も同じことを考えた。これが最後の便りとなったのなら、何とか届けてやりたい……。

『でも、このまま、ポストに入れたら、うまく届かないかもしれない。それで、先に、別のハガキ出しました』

実際には、切手を貼り直すなり、封筒に入れるなりして投函すれば、ちゃんと祖母の手に渡ったはずだ。とはいえ、半世紀以上も昔の住所なのだから、ヴィクトル氏の判断は間違っていない。

「ありがとうございます。でも、ごめんなさい。曽祖母は葉書が届く前に亡くなったんです」

『知ってます。ウエノサンから聞いてます。ハガキ、送ります。お墓に、ええと……ボゼンにそなえる……で、合ってますか？』

「合ってます。曽祖母の墓前に供えます」

その後、お互いのメールアドレスを交換し、住所のやり取りはメールで改めて、という話になった。

『いつか、こちらにも、遊びにきてください。ホルムスク、案内します』

「はい、必ず。コロナが終息したら行きます。それまでに、少しくらいはロシア語も勉強しておきます」

たぶん、と付け加えると、雅美と上野が笑った。アニメにハマって勉強しようとして挫折した一件は二人には話してある。

これで「中間報告会」は必要なくなってしまうけれども、今度は「ロシア語学習進捗報告会」の名目で、Ｚｏｏｍミーティングを続ければいい。もちろん、本当の目当てが何なのかは、当面、内緒にしておこうと思った。

［2021年・サハリン］

「おはよう《ドーブラエ　ウートラ》。今日《シヴォードニャ》はいい《ハローシャヤ》天気《パゴーダ》ね」

オリガが声をかけても、ターニャは返事をしなかった。この隣人が無愛想なのは、もう慣れっこになっている。昔からだ。ただ、根は悪い人ではないのも知っている。オリガが子供だった時分には、ずいぶん面倒を見てもらった。

今、ターニャが答えてくれないのは、高齢だからだろう。今年で九十だったか、九十一だったか。彼女はもう、声をかけたのが隣に住んでいるオリガだとは理解していないような気がする。それでも、身の回りのことは自分でできるし、今までと変わらずに畑や花壇の手入れもしている。人の老いとは不思議なものだと思う。

「ターニャおばあちゃま、摘んできたよ」

娘のジェーニャが紅輪《こうりん》タンポポの花を差し出すと、くっきりと刻まれた額の皺がわずかに緩んだように見えた。ターニャはこのオレンジ色の花が大好きで、オリガもよく、今の季節になると、道ばたで摘んでは彼女に渡した。そのころは、まだターニャの夫、ボリスもいた。

ボリスは酒癖が悪かったけれども、素面のときは陽気で話し好きだった。病の床に臥した彼が一番気に病んでいたのは、ターニャがまたひとりぼっちになってしまうということ。何でも、ターニャは子供のころに、両親と兄を亡くし、頼れる親戚もなく、それはそれは苦労したらしい。けれども、ターニャより先に死にたくないというボリスの願いは叶えられず、彼女はまた一人になった。

実はターニャは日本人で、天涯孤独の身となってしまったために、故郷に帰るに帰れず、サハリンに残ったのだと、何かの折にボリスが言っていたことがある。本名もターニャではなく、もっと日本人風の名前だ、と。

もっとも、何かと話を大仰にするのがボリスの悪い癖だったし、ターニャが日本語を話しているのを聞いたこともないから、真偽のほどは怪しい。何より、ここ数年、ホルムスクには工場廃墟跡目当ての日本人観光客が増えていたけれども、ターニャはとくに心を動かされた様子もなかった。

「ああ、そうそう。塩漬けキノコが食べごろになったのよ。後で持って行くわね」

ふと、ターニャの表情が動いた気がした。ゆっくりと視線が上へと向けられる。それは、何かを訝っているようでもあり、思い出そうとしているようでもあった。まあ、年寄りにはありがちなことだ。

またね、と微笑んで、オリガは娘の手を引いた。

十年日記

新津きよみ

1　西村素子の十年日記（二〇一九年）

今日九十歳の誕生日を迎えた。まさか自分が九十年も生きるとは思ってもみなかった。思い起こせば、六十歳の還暦の誕生日に「お母さん、元気出してね」と、美由紀から五年日記を贈られたのが始まりで、あれから三十年、一日も欠かさず日記を書き続けてきた。九十歳の誕生日プレゼントに、今度は菜緒から贈られた十年日記。菜緒曰く「人生百年時代。次は十年にしたら？　そしたら、おばあちゃん、百歳まで長生きできるよ」とのこと。

五年から十年になったのだから、当然だけど一日あたりの余白が減った。こんなに長く生きてきて、もう書くこともなくなったからちょうどいい。若いころは育児日記や家計簿をつけたりしたけれど、いまはその必要もなくなった。何を書けばいいのか。子供のころから何でも三日坊主だったわたしがよくここまで書き続けてこられたものだと、我ながら感心する。

よかった。今日は書くことがあった。月に一度の「歌声喫茶の集い」の日だった。アコーディオンの先生が男の先生から女の先生に替わったのが、ちょっと不満。前の先生、歌も上手だったから。今度の先生は声が高くて聞き取りにくい。年を取るとはこういうことか。膝は痛くなるし、目はかすむし、耳は遠くなるし。せいぜい声帯を鍛えて、喉の機能が衰えないように努めよう。そうそう、文字を書くのも認知症予防に効果的らしい。

九十歳の女性が新聞に投稿していた。若いときに充分に学べなかったから、時間に余裕のできたいま古典を原文で読んでいるという。源氏物語から始めて、現在は伊勢物語に挑戦している。わたしも彼女と同じで、青春時代は戦争まっただ中だった。よし、わたしも勉強しよう。とはいえ、本を開いても細かい活字を目で追うのはつらい。新聞なら紙面も広いし、知識も増える。よし、わたしの教科書は新聞だ。

九十年も生きてきて、この世にはまだまだ知らない日本語がいっぱいあるということに気づいた。今日読んだ新聞記事に「奇貨」という言葉があって、わたしは知らなかった。辞書で調べてみたら、「利用すれば思いがけない利益が得られる品・機会」とあった。この先、会話で使う機会はそれこそないだろう。しかし、この年で知識が増えるのは嬉しい。「５Ｇ」という言葉だって、若い人より先に覚えた。簡単な説明もできる。それも新聞のおかげだ。

俳優の訃報が載っていた。享年四十八。最近は、舞台を中心に活躍していた人だ。題名は思い出せないけれど、美由紀が彼のファンで、一緒に連続ドラマを観たこともあった。舞台稽古をしていて、背中の痛みを訴え、病院に行ったが亡くなったという。死因は、大動脈瘤破裂による胸腔内出血とあった。病名の字面や響きが怖い。本人は、よもや自分が死ぬとは思わなかっただろう。舞台に立つ日を夢見ていたにちがいない。

九十歳のわたしは、つねに死と隣り合わせに生きているようなものだ。「年齢のわりには元気ですね」と他人はお世辞で言う。けれども、年齢なりに身体のあちこちにガタがきている。食べ物は飲み込みづらいし、それ以前に食がめっきり細くなった。あとどれだけ生きられるか。もし、明日までの命だとしたら……。思い残すことはないか、過去を顧みた。一つだけある。あの指輪だ。落とし主に返したい。

2　花井菜緒の弔辞

おばあちゃん、いまでもおばあちゃんが天国に行ってしまったなんて、わたしには信じられません。あんなに元気だったのに。

「平均寿命より長く、九十歳まで生きたのだから」と言う人もいるかもしれません。

ですが、わたしから見たおばあちゃんはすこぶる元気だったのです。頭はしっかりしていたし、とても意欲的な人で、本当に百歳まで生きられそうな勢いを持っていました。

もっといっぱい会って、もっとたくさん話したかった。おばあちゃんはわたしにとって「祖母」でしたが、「友達」でもありました。わたしはいま、かけがえのない親友を失ったような思いでいます。

おばあちゃんは、おじいちゃんを亡くした直後から日記をつけ始めました。おじいちゃんの定年退職後、二人で趣味の旅行を楽しんでいたのに、その楽しい日常がおじいちゃんの交通事故死によって、突然奪われてしまいました。当時二歳だったわたしには、残念ながらおじいちゃんの記憶はありませんが、写真を見るかぎり優しそうなおじいちゃんです。

愛する伴侶を失って寂しそうにしていたおばあちゃんに、わたしの母が日記をつけることを勧めたのです。

最初に母がプレゼントしたのは「五年日記」で、その後もずっと「五年日記」を使っていましたが、卒寿の記念にわたしが贈ったのは、「十年日記」でした。

おばあちゃんは、すごく喜んでくれました。その日記が傍らに置いてあれば、本当におばあちゃんは百歳まで生きられると信じていたのです。「十年日記」は、わたしにはお守りのような存在でした。

そのお守りがおばあちゃんを守ってくれなかったのが悔しいです。新しい日記にたった一週間書き綴っただけで逝ってしまうなんて……。

でも､読み返してみて、おばあちゃんが日常と真摯に向き合っていたことがわかって、感動しました。一日の分量は少ないけれど、とても濃い内容でした。

自分よりはるかに若い芸能人の死から自分の余命に思いを巡らせたり、過去を顧みたり。食が細くなったとも書いてあったから、何かしら体調の変化に気づいていて､脳出血を起こすような予兆があったのかもしれません。脳の血管が細く弱くなっていたのかもしれない、と医師に言われました。わたしたち家族が、とりわけ、医療に関係した仕事に就いているわたしがその予兆に気づいてあげられなかったのが、本当に残念です。

おばあちゃんは、次の日も、その次の日も、日記を書き綴るつもりでいたのでしょう。

たった一週間とはいえ、「十年日記」に最後のメッセージを残してくれたおばあちゃん、ありがとうございました。

天国に行っても、日記を書き続けてください。

3　花井美由紀の新聞投稿

この春他界した母は、還暦を迎えた日から九十歳で亡くなるまで日記をつけていた。

高齢なりに近い将来の死を予感していたのだろうか。最後の日記に、明日までの命だとしたら思い残すことはないか、と自問する言葉が書かれていた。

母には落とし主に返したい指輪があった。指輪と聞いて、おぼろげな記憶がよみがえった。記憶を確かめるために母の日記を読み返した。そして、肝心の記述を見つけた。

二十年前のこと。街を歩いていて母の足が何かを踏んだ。拾い上げてみると、指輪だった。こんな大事なものを、と母は交番に届けた。忘れたころに警察署から電話があった。落とし主が現れず、保管期間が切れたので、拾得者のものになるという。一度は処分を願い出たが、思い直して母は受け取った。

母の遺品の中からそれらしい指輪が見つかった。この指輪のことが心残りだったのだろう。内側にイニシャルの入った金で縁取りされたプラチナの指輪。結婚指輪に違いない。母にかわって、落とし主の手に返してあげたい。

4　西村素子の五年日記（一九九九年）

菜緒が志望校に合格した。こんなに喜ばしいことはない。難関と言われる私立の女子中学校で、そのまま高校まで上がれる。最初に美由紀から上ずった声で電話があって、少しして菜緒本人からも電話があった。菜緒のほうが落ち着いていた。あんなに勉強したのだもの、きっと自信があったのだろう。あの子には将来叶えたい夢があるという。薬学部に行って新薬に関する研究をしたいのだとか。テレビドラマを見て、自分もそういう仕事をしたいと思ったという。ぜひ、その夢を叶えてほしい。そのためにわたしにできることは何か。ときどき家に行って、おいしいものを作ってあげることかしら。とりあえずは、明日、氷川神社に祈願成就の報告に行こう。

「孫娘が無事志望校に合格することができました。お力をお貸しくださり、誠にありがとうございました」拝殿で手を合わせてそう報告しての帰り道、長い参道を歩いていたら、何かを踏みつけた感触があった。拾い上げてみると、銀色の指輪だった。美由紀がはめているのと同じいわゆるかまぼこ型の指輪。結婚指輪に違いない。こんな大事なものを誰が落としたのか。目についた交番に届けた。拾得者としての手続きがあり、生まれてはじめて警察官の前で書類に必要事項を記入した。思いのほか時間を取られた。どうか落とし主が現れますように。

菜緒の合格祝いをするという。その件で美由紀から電話があったので、指輪のことを話した。入学手続きやら諸々で気もそぞろだったのか、「指輪を拾ったの？交番に届けたんでしょう？　だったら、いいじゃない」と、軽くあしらわれてしまった。一人暮らしで変化の少ない日常を送っているわたしには大きな出来事でも、仕事を持って子育てで忙しい美由紀には取るに足らないことなのだろう。裕太はまだ小三で手がかかるし、修平さんが春から大阪に単身赴任することになって、不安や苛立ちを抱えているのかもしれない。菜緒が念願の中学校に合格した直後で、家族全員で引っ越しというわけにはいかないのだろう。まあ、毎日、一人暮らしのわたしを気遣って電話をくれるのだから、ありがたいと思わなくてはね。

大宮の警察署から電話があった。ほとんど忘れかけていたあの指輪のことだった。落とし主が現れなかったのだという。「落とし主不在のため、拾得者であるあなたに所有の権利が移ります」と、警察官に堅苦しい言葉遣いで告げられて、「えっ？」と驚きの声を発してしまった。「そちらで処分してください」と頼んだけれど、「そんなわけにはいきません。規則で手続きがありますので」と言われた。受け取らないにしても、手続きが必要らしい。

大宮まで行ってきた。わたしが受け取らなかったらどうなるか。警察で落とし主を捜してくれるのだろうか。気になったので聞いてみたら、どうもそこまで手は尽くさないらしい。指輪一つに人手は割けないということだろう。指輪が不憫《ふびん》に思われて、わたしが引き取ることにした。大きさを確かめるために指にはめてみると、薬指には大きい。ふしくれ立った関節が邪魔して中指にははまらない。どうやら男性サイズのようだ。内側に英文字が彫られている。女学校しか出ていないわたしには読めない文字だ。英語も学びたかったのに、戦時中で学徒動員されたことがいまさらながらに悔やまれる。

美由紀の家にぬか漬けを届けに行った。指輪のことを切り出そうとしたら、「お母さん、聞いてよ」と、美由紀が眉根を寄せて身を乗り出してきた。裕太のクラスでいじめがあり、保護者が集まって担任と話し合いが持たれたという。PTA役員の美由紀は、学校と保護者の板挟みになって大変らしい。興奮状態で、とても相談できるような雰囲気ではなかった。でも、言わなくてよかったかもしれない。「何で、誰のものともわからない指輪なんかもらってくるの?」と叱られたかもしれないから。PTAの人間関係で悩みを抱えていて、ストレスがたまっているのだろう。

5　平林真央の手紙

花井美由紀様、突然のおたよりで失礼します。

私は、都内に住む平林真央といいます。三十二歳の看護師です。六月十日の毎朝新聞家庭欄に掲載された花井さんの投稿を読んで、筆を執ろうと思い立ちました。それで、毎朝新聞社宛てにこの手紙を出しました。そちらに転送されることを願っています。

亡くなられたお母様の遺品の中にあったという指輪は、おそらく、私の父のものだと思います。

私の父は、私が小学二年生のときに亡くなり、その後、母が女手一つで私を育ててくれました。父が亡くなってからも母は結婚指輪をはずさず、つねに父の結婚指輪をお守りのように持ち歩いていました。

その指輪を紛失したのが、ちょうど二十年前でした。

二十年前のあの日、母は板橋区の自宅から埼玉県大宮市に住んでいる友達の家に行きました。氷川神社の近くだそうです。いまは「さいたま市」ですが、当時はまだ合併前で、大宮市でした。花井さんの投稿に「花井美由紀（さいたま市）」とあるのを見て、もしやと思い当たったのです。

母は友達の家から帰宅後、バッグに入れてあったはずの父の結婚指輪がないのに気づき、友達の家に電話したそうです。捜してもらったけれどなかったので、それでは、ほかに立ち寄ったところで落としたのかもしれない、と帰宅途中に寄った都内のスーパーや花屋さんや本屋さんにも行ってみたと言います。

けれども、どこにも指輪はありません。電車内や路上で落とした可能性もあると思い、心当たりの駅に聞いてみたり、警察に問い合わせたりしましたが、指輪が届けられたという情報は寄せられていませんでした。母は、はなから都内で落としたと思い込んでいて、都内の警察署にしか問い合わせなかったようです。

「あんなに小さなものだもの、どこか側溝にでも落ちてしまったかもしれない。でも、いいの、お父さんがわたしの身代わりになって守ってくれたと思えば」

母は、自分の胸に言い聞かせるようにして諦めたのでしょう。

当時、小学六年生だった私は、寂しそうに微笑む母の横顔を記憶しています。

指輪の内側には、「N　to　M」とイニシャルが刻まれていませんか？　Nは母の名前の「典子」の頭文字で、Mは父の名前の「睦実」の頭文字です。金の縁取りがあるプラチナの指輪というのも一致しています。

もし、違うイニシャルだったら残念ですが、それは父の指輪ではなく、ほかのどなたかの落とし物です。

切手を同封しましたので、お手数ですが、ご確認の上、お知らせくだされば嬉しいです。

よろしくお願いします。

6　花井美由紀の手紙

こんにちは、平林真央さん。真央さん、とお呼びしてもいいでしょうか。

お手紙をありがとうございました。わたしの投稿に反応があったことが嬉しくて、感激で胸がいっぱいです。しかも、お手紙をくださったのが三十二歳の看護師さんとわかって、親近感を抱いてしまいました。

実は、わたしの娘も真央さんと同じ三十二歳で、真央さんと同じように医療に関係の深い仕事に就いています。不思議なご縁ですね。

流れるように美しい筆跡にも驚きました。お若いのに筆ペンを使われて、達筆な文字で書かれていて、こちらにも感激しました。不揃いで読みにくい字を書く娘に見習わせたいくらいです。

さて、指輪ですが――。

まず間違いなく、真央さんの亡くなったお父様のものだと思います。「N　to　M」という英文字を改めて確認いたしました。

二十年という長い年月を経て、お守りのように持ち歩いていたというお父様の結婚指輪が見つかって、お母様はさぞかしお喜びのことでしょう。

それでは、この指輪をどのようにお戻しすればいいでしょうか。

大切なものですから、直接お会いしてお渡ししたいと考えておりますが、看護師さんというお仕事柄、夜勤もあってお忙しいでしょうか。

郵送することもできますが、どういたしましょう。真央さんのほうで、ご希望の受け渡し方法をお示しください。

よろしくお願いします。

追伸　切手は使わせていただきました。お心遣いありがとうございます。でも、次回からはこうしたお気遣いは不要ですので。

7　平林真央の手紙

花井さん、お返事をくださり、ありがとうございました。

新聞投稿を読んだときから、「亡くなった父の結婚指輪に違いない」と直感してはいましたが、確認していただくまでは一抹の不安もありました。

イニシャルが一致したとわかったときは、嬉しさのあまり涙が頬を伝わり落ちました。早速、「お父さんの結婚指輪が見つかったよ」と仏前で報告しました。

私の母は、四年前に病気で逝去しました。花井さんの投稿が掲載された六月十日は、母の命日でした。

花井さんのおっしゃるとおり、本当に不思議なご縁を感じます。

ぜひ、お目にかかってお礼を述べさせていただきたいと存じます。

差し支えなければ、そちらのご都合のよい日にご指定の場所にうかがいます。

とはいえ、不規則な勤務であるため、ご希望に添えない場合もあるかもしれません。まだ来月の勤務表が出ていないのです。

私のメールアドレスを記しておきますので、そちらからご連絡をいただけるとありがたいです。

よろしくお願いします。

8　花井美由紀の手紙

真央さん、こんにちは。お手紙をいただき、ありがとうございました。

こちらもぜひ直接お会いして、お父様の結婚指輪をお渡ししたいと思っていますが、その際、何かしらの物品でのお礼などをお考えになっているのでしたら、その必要はありません。

真央さんが、お若いのに流麗な筆字を書かれる古風なところのある方とお見受けしたので、少し心配になったのです。

落とし物を拾って交番に届けたあとの流れについて調べてみたことがあります

が、落とし主が現れた場合は、拾った人間は落とし主から遺失物価格の五パーセントから二十パーセントの報労金がもらえるそうです。

落とし主が現れず、警察署から連絡があったのち、母が指輪の所有権を放棄しなかったのは、いつか自分の手で落とし主に返してあげたかったからではないでしょうか。

母は三十年間、一日も欠かさず日記をつけていました。脳出血で倒れる前日の日記に、「あとどれだけ生きられるか。もし、明日までの命だとしたら……。思い残すことはないか、過去を顧みた。一つだけある。あの指輪だ。落とし主に返したい」と記していました。

母は、たとえ落とし主が現れたとしても、報労金など望んではいなかったはずです。その母の遺志を受け継ぎたいのです。

拾った指輪のことを母から告げられたとき、家庭や子供たちの学校の問題で忙しかったわたしは邪険にしてしまいました。母はそれ以上相談できずに、指輪のことを気にかけたまま、ずるずると時間だけがたってしまったのでしょう。

いまさら反省しても遅いのですが、冷たい娘だったと母に詫びたい気持ちがこみあげてきます。

ここで、一つ提案があります。

真央さんにお会いしたいのは山々ですが、その役目を娘の菜緒に託したいと思います。

　菜緒はいま、製薬会社で新薬を開発する仕事をしています。本人によれば、「老化を遅らせる薬」ということですが、そんなものが本当に開発可能かどうか、わたしにはわかりません。でも、本人は生きがいを持って仕事に打ち込んでいます。

　小さいころから一つのことに熱中しやすく、一人遊びが好きで、学校でも孤立しがちな子でした。親しい友達ができたことがありません。亡くなった祖母、つまりわたしの母が娘の話し相手で、「親友」だったのかもしれません。

　同じ医療にかかわる仕事をする者同士、共通する話題もあるかと思います。どうか娘のよき話し相手に、よきお友達になっていただきたいのです。

　わたしに新聞投稿を勧めたのも菜緒でした。

　娘の世代であれば、指輪の落とし主を捜すのに新聞投稿などというまどろっこしい方法より、ＳＮＳを利用するのが手っ取り早いはずです。ツイッターを開設して、指輪の写真をアップするほうが反響は大きいかもしれません。

　でも、そうしなかったのは、「ＳＮＳだとなりすましが現れる可能性があるけど、新聞投稿を読んでなりすまそうとする人はいないんじゃないかな。新聞社経由のほうが安全だよ」という菜緒のアドバイスがあったからです。慎重で思慮深いところのある聡明な子なのです。

　菜緒から真央さんに連絡を差し上げてもいいでしょうか。同年齢ですから、きっと気が合って、会話も弾むと思います。

そういうわけで、お父様の結婚指輪は、菜緒から真央さんにお渡しします。

どうかご了承ください。

よろしくお願いします。

9　平林真央の手紙

花井さん、こんにちは。

先日、菜緒さんから指輪を受け取りました。

間違いなく父の結婚指輪でした。二十年ぶりに母のもとに返ってきて、感無量です。母の遺影の前に供えましたが、天国の母も喜んでいることと思います。

誠にありがとうございました。心よりお礼を申しあげます。

今後は、私が両親の二つの結婚指輪を大切に保管します。

菜緒さんとも仕事の話をしました。菜緒さんの仕事への熱意が伝わってきて、私もすごく刺激を受けました。「あーあ、疲れた」が口癖になっていた私でしたが、パワーあふれる元気いっぱいの菜緒さんを見て、私も頑張らねば、と奮起しました。

お互いに忙しくて、なかなか会う時間が取れそうにありませんが、よき友達としておつき合いを続けていけたら、と思っています。

今後もよろしくお願いします。

10　花井美由紀の手紙

真央さん、こんにちは。お変わりないですか？

指輪の問題が片づいたのにまだ何か用事があるのか、と怪訝に思われるかもしれませんね。

ごめんなさい。でも、心配ごとがあってお手紙を書きました。

菜緒のことです。最近、何だか元気がないのです。仕事が命の娘ですから、人間関係で悩んでいるとは考えられません。

いままで交友関係の悩みなど訴えたことのない娘です。以前交際していた人とも、彼の転勤がわかって、「結婚したい。できればついて来てほしい」とプロポーズされた途端、「さようなら」と、未練のみの字も見せずに別れを決めたほどの子ですから。

何か仕事でミスをしたのか。

いまの職場に不満が生じたのか。

菜緒は、「いつか論文を書いて、博士号を取るのを目標にする」と言っています。

それが妨げられるような障害が生じたのでしょうか。

それとなく「何かあったの？」と聞いてみましたが、「別に」と首を横に振られました。母親のわたしには話したくない内容なのかもしれません。

何か菜緒から仕事の相談を受けていませんか？　菜緒がお友達の真央さんに何か話していないかと思って、こうして手紙をしたためた次第です。

いくつになっても子離れできない母親だと、真央さんに笑われてしまいますね。どんな些細な事柄でも結構です。気づいたことがあったら教えてください。

よろしくお願いします。

11　平林真央の手紙

花井さん、こんにちは。

確かに、菜緒さんから相談は受けております。

けれども、「自分で言うから。平林さんは、何か聞かれても母には何も言わないで」と、口止めされているのです。こうして手紙を書くことも、実は秘密にしています。

菜緒さんのお仕事は順調です。それだけはお伝えしておきます。

この手紙が、私からの最後の手紙になるかもしれません。

花井さん、いままでありがとうございました。

これからも、お身体にお気をつけて、健やかにお過ごしください。

12　花井美由紀の日記

今日から日記をつけることにした。わたしの日記帳は、五年日記でも十年日記でもない、ごく普通のノートだ。記念すべき第一日目の日記だから、やはり、記念すべき形にしようと思う。そうだ、「亡くなった母への手紙」という形にしよう。

＊

お母さん、お元気ですか？　死後に元気にしている状況がどういうものなのか、わからぬままに好き勝手に書きますね。

今日は、お母さんにいくつか報告することがあります。

一つは、二十年前にお母さんが大宮氷川神社の参道で拾った指輪が、無事落とし主の家族のもとに戻ったことです。

二つ目は、「あの子は仕事が恋人だから、一生結婚しないかもしれないわね」と、お母さんが心配の種にしていたあの菜緒の結婚が決まったことです。

菜緒に、一生をともにしたいと思う人ができたのです。

お相手は誰か、って？

指輪の落とし主の家族である、菜緒と同い年の看護師さんの平林真央さんです。

「お母さん、わたし、平林さんと結婚しようと思うんだけど」

菜緒にそう切り出されたとき、

「菜緒、あなた、まさか……」

わたしは、言葉を失いました。同性が恋愛対象になっても不思議ではない時代ではあるけれど、まさか自分の娘が……と、ショックを受けたのです。しかも、結婚まで考えているなんて……。

「お母さん、想像が飛躍していない？」

すると、菜緒は笑って、「あの人は、平林まおさんじゃなくて、平林まさおさんだよ」と言いました。


十秒ほど考えて、ああ、そうだったのか、と思い至りました。

わたしは、「平林真央さん」から手紙をもらったときから、「真央さん」を「まおさん」だとすっかり思い込んでいました。しかも、看護師と知って、女性だとばかり……。確かに、最近では男性の看護師さんも増えていますよね。その上、流麗で達筆な筆字の手紙です。一人称が「私」なのも紛らわしいですよね。

待ち合わせの場所に行って、平林真央さんと会った瞬間、菜緒も驚いたといいます。

「ぼくの『真央』という名前は、女性名とよく間違われます」と、「まさおさん」は照れくさそうに自己紹介をしたそうです。「つねに人生という道の中央を、堂々と真っすぐに迷わず突き進みなさい」という願いをこめて、父親が名づけたといいます。

何度か会って仕事の話をしたり、人生について語り合ったり、映画を観たりするうちに、二人の心が接近して、結婚を意識するまでになったとか……。

自分が女性と勘違いされていることに途中で気がついたけれど、まさおさんは黙っていたわけで、そのことが後ろめたかったのでしょう。自分からは正体を明かしにくいだろうからわたしから話す、と菜緒に口止めされていたようです。真相を知ってわたしが憤ったり、母親のわたしにあれこれ口を挟まれたりするのを恐れたのですね。

「誠実で優しいまさおさんなの」と、菜緒はのろけています。

さらに嬉しい報告があります。

研究職の菜緒が今後もスムーズに仕事ができるように、まさおさんが花井姓を名乗ってくれるそうです。以前、お母さんにも話したかもしれませんが、結婚後の改姓によって、論文発表などで過去の実績が正当に評価されないことが多々あるのだといいます。選択的夫婦別姓制度が採用されないかぎり、好きな人ができても事実婚を選ぶしかない、と嘆いていた菜緒は大喜びです。

さらにさらに嬉しい報告があります。

まさおさんが持っていた母親の指輪と、戻ってきた父親の指輪。二つの結婚指輪は、そのまま自分たちの結婚指輪として使うのだそうです。

M　to　N。真央から菜緒へ。
N　to　M。菜緒から真央へ。
サイズもぴったりだとか。

二十年前にお母さんが拾った指輪とわたしの勘違いが、二人をめでたく結婚へと導いたのでした。

そのハッカーの名は

福田和代

「こんなところに、本当に人間が住めるんですかね。電気も来てないでしょ」

レンタカーを路肩に停めて、運転席の森西豊《もりにしゆたか》が顔をしかめる。

「住んでみたい気はあるけどな」

トッコは後部座席からリュックを出し、背負いながら飄々《ひょうひょう》と言った。

新幹線の駅前で車を借りて、県境まで走らせてきた。県道があるうちは、のどかな田園風景を楽しんでいられたが、住民に道を聞いて山に入った後は、どこをどうしても車二台がすれ違えないどころか、一台通るのもやっとの無舗装の坂道を、冷や汗をかきながらゆっくり上ってきた。ハンドルさばきをひとつ間違えれば、左は崖っぷちだ。

「レンタカー、こすらなくて良かったですよ」

豊がぼやいている。

「おまえ運転うまいな」

トッコが誉めると、嬉しそうになった。この若者、根が素直で単純だ。

坂道の終点は、草もきれいに刈られ、駐車場として整備されている。軽トラが一台だけ停まっていた。

道路はここまで。ここからは歩くしかない。

昨夜の雨で、土を突き固めただけの地面はぬかるみ、足を踏み出したトッコのスニーカーは二センチ近く泥にめりこんだ。豊の視線がそれをとらえ、「うわ」と表情が歪む。彼の履物はスエード素材のモカシンだ。

トッコは「ふん」と鼻から息を吐いた。

――たまには後輩を甘やかしてやるか。

「豊はここで、車の中にいるといい。ちょっと上に行って、話を聞いてくる」

「わかりました。ごゆっくりどうぞ」

豊が、ホッとした顔色になった。

通常なら、捜査はふたりひと組で行うが、こんな時期だし、訪問者の人数が少ないほうが相手も安心だろう。

滑らないよう気をつけて、駐車場の奥に見えるロッジ風の小屋に向かった。

小屋は増築・改築を繰り返したようで、壁の色が途中から違っている。ドアの正面に立つ前に、ざっと小屋の周辺を観察した。

道路からは見えなかったが、坂の上は意外に開けている。小屋とトラクターが覗く納屋、薪小屋があるほかは、段々畑と正方形の田んぼが広がっていた。畑で何を栽培しているのかは、ほとんどわからない。トマトが赤い実をつけているのだけ、判別できた。水田では、青々とした稲の葉が、夏の光を受けて輝いている。

コンピュータに取り巻かれた、ふだんのトッコの生活環境とは大違いだ。

斜面に太陽光発電のパネルが何枚か置かれているのも確認した。電気は使えるようだ。

呼び鈴はない。板に輪っかをつけただけの、かんたんなノッカーで、ドアをノックした。

「突然すみません。東京から来ました」

そばの小窓から白髪の男性が顔を覗かせ、不思議そうにトッコを見た。こんな時は、なけなしの愛嬌でもふりまくものだろうが、残念ながらトッコの辞書に愛嬌の文字はない。おまけにマスク越しでは、笑顔を総動員してもほとんど役に立たないだろう。

「また、何のご用ですか。こんなところまで」

「布良《めら》さんですね。布良清司《きよし》さん」

「そうですけど」

布良は不思議そうに見つめている。

「増崎徳子《ますざきとくこ》と申します。警視庁の者です」

警察バッジを窓に向けると、布良がますます目を丸くした。

「なんで警視庁の人が？」

「もしよろしければ、中に入れてもらえませんか。お尋ねしたいことがあるんです」

沈黙が降りた。少し、性急すぎただろうか。そうトッコが不安になったころ、布良の顔が窓から消え、扉が開いた。

「どうぞ。まあ入って」

ふもとの集落で、高齢男性のひとり暮らしだと聞いてきた。その言葉に間違いはないようだが、玄関を入って靴を脱ぐと、大きなふかふかのソファとコーヒーの香りに満たされた意外に快適な空間がトッコを迎え入れた。

大きなテーブルの上には、ぶ厚いハードカバーの書物が何冊か載っている。いちばん上は、美術関係の専門書のようだ。

窓から顔を覗かせた布良は、マスクなどつけていなかったが、トッコを迎え入れた時にはマスクをつけていた。

「えらい遠いところから来てくれたのに申し訳ないけど、自家製のコーヒーしかなくてね」

「自家製ですか」

「うん。見よう見まねで栽培してて」

豆から栽培しているのか、とトッコは驚いて布良の手元を見守った。七十代のはずだが、小柄な布良は足腰もしっかりして、隅のキッチンでテキパキと豆を挽いている。調理にはポータブルのガスコンロを使うらしい。

白髪は短く刈り、服装はジーンズにシャツと無難なセーターだ。どこにでもいそうなおじさんだなと思いながら、リズミカルに動きまわる背中を見つめる。

「ひとり暮らしですか」

「そう。奥さん亡くして、十年くらい前に越してきてね」

「電気は太陽光発電みたいですけど、水道は」

「農業用水にしてる沢の水と、家の裏に井戸があるんですよ。飲んでも大丈夫と、保健所のお墨付きでね」

「食材はほぼ自給自足ですか」

「まあ、素人農家の手に負えるもんだけですよ。家庭菜園みたいなもん。どうせ自分の口に入るだけやから、気楽なもんです」

「米を作っておられるんだから、たいしたものです」

差し出された砂糖・ミルク抜きのコーヒーは、色はちょっと薄めだったが、しっかりコーヒーの香りがした。

「で、なんで警察の人がわざわざ?」

離れて腰を下ろし、自分もマスクを外してコーヒーをすすりながら布良が尋ねた。

「私は警視庁のサイバー犯罪対策課にいます。『beans・song』と名乗るハッカーを追いかけているんです。私たちは訳して『豆歌』って呼んでますけどね」

目を丸くし、急いで何か言おうとした布良に、トッコは指を立てて振った。

「大丈夫、布良さんがハッカーだとは思ってないです」

「ですよね。僕はパソコンも使えへんし」

布良はホッとした様子だ。

「ここには固定電話も引いてないんですよ。携帯も、めんどうだから持ってなくて」

さすがに今どき珍しいが、ふもとの住民たちも、布良と連絡を取りたければ、小屋まで行くしかないと言っていた。布良は近隣でも「ちょっと変わった人」で通っているようだ。

「『豆歌』は、他人のコンピュータに侵入して、個人情報を盗むんです。長年活動していますが、まだ捕まっていません」

「ほう」

トッコは説明を端折った。

「やっとわかったのが、『豆歌』が使った携帯電話の番号です」

たったそれだけかと布良の表情が驚いているが、それを探り当てるだけでも、とんでもない時間と労力がかかったのだ。

「この携帯電話は、ある男性——仮にAさんとしますが——の名義で契約されて、Aさんが病気で亡くなった後も、そのまま使い続けられていたものでした。次に私たちは、携帯電話の会社に協力してもらって、Aさん名義の携帯からかけた先の番号と、Aさん名義の携帯があった場所のリストを入手しました。ひとつが、この場所を指していたんです」

布良がポカンとしている。

自給自足の布良の生活に、ハッカーだのサイバー犯罪だのとイマドキの言葉を投げ込むと、ずいぶん浅薄に感じられる。

だがしかたがない。これがトッコの仕事だ。

「犯人の携帯が、ここにあったということですか」

「そうです」

「でも——僕は携帯を持ってません」

「今年の五月二十七日に、ここを訪れた人を教えてもらえませんか」

「五月二十七日？　そんな、三か月近くも前のこと、すぐには思い出せませんよ」

「失礼ですけど、ここまで訪れる人がそんなにたくさんいますかね」

「そりゃ——近所の人も来ますよ。農作物と服とか、物々交換することもあるし」

「今年の五月に、初めて訪問した人がいるはずです。他の月には一度も来ていないんです」

布良が迷うように目を泳がせた。

「五月に、二週間くらいここに泊まった人がいたけど」

「誰ですか、それは」

勢い込んで尋ねた。

「栗林《くりばやし》君——と聞いてますけど」

「どういうお知り合いですか」

それが、と布良が首を横に振った。

「知り合いじゃないんですわ。ここまで上がってきて、僕の農作業を見学して、手伝わせてほしいと言いましてね」

布良が語ったのは、都会ならとうてい信じられないような話だ。

栗林と名乗った青年は、二十代前半に見えた。リュックひとつで現れて、布良のように人里離れた一軒家で農作業をして暮らすのが夢だったと言った。

「農作業をやったことがないので、しばらくここで体験させてもらえないかと言うんですよ。もし置いてもらえるなら、宿泊料と食費を現金で入れるからと」

「それで、受け入れたんですか」

「泊まってもらうようなベッドもないんだけど、床で寝るとまで言うのでね。田植えの時期で猫の手も借りたいくらい忙しかったし、正直言うと、ここでの現金収入は貴重だから」

ばつの悪そうな顔をしているのは、それが突拍子もない話だと承知しているからだろう。

「よくそんな、突然現れた見知らぬ男なんか泊めましたね」

「二年くらい前、東京のテレビ番組に、ここが映ったことあるんですわ。それから時々、わざわざ『テレビ見ました』言うて来てくれる人がいましてね。またそういう人が来たんかなと思って。さすがに、泊めたのは初めてですけど」

布良の言うテレビ番組は、トッコも見たことがあった。人里離れた辺鄙な場所にある民家を、スタッフが訪ねていく番組だ。

「ここには盗られるようなものなんか何もないし、見たところ真面目そうな若い人だったからね。こっちはただの貧乏な爺さんだし」

わはは、と布良が屈託なく笑う。

それにしても、ウイルスの感染拡大を恐れて、他人との接触を減らすようみんなが注意しているこの時期なのに。

ともかく、栗林は呑み込みの早い男だったらしく、初めてだと言いながら農作業も手際よくこなし、田植えなど率先して働いて、ほとんど自分ひとりで作業を終えてしまった。

「楽しい、楽しいと言って、嬉しそうにしていましたよ。田植えを自分でやってみたいと言うから、植えつけのやり方だけ教えて、あとは自由にやってもらってね。うちは狭い田んぼだし、機械を入れられないので、全部手作業なんですよ。ほんと助かったね」

五月十五日から二十七日までの十三日間、この小屋にいたらしい。

「栗林というのは本名でしょうか。身分証明書などは確認されましたか」

「さあ、そこまでは見てないです」

「栗林は、パソコンを持っていましたか。あるいは、携帯やスマホは」

「どうだったかな――そうか、帰る日に一度だけ、電話をかけたかもしれないな」

その情報は、五月二十七日にここで「豆歌」が携帯電話を使ったという、こちらの情報とも一致する。

「あんまりよく働いてくれたので、帰る日にはうちで採れた野菜を袋につめてあげましたよ。トマト、ナス、キュウリ――。コーヒー豆も少しね。喜んでたなあ」

――「豆歌」は農作業にも興味があるのか。

トッコは手帳にメモを取りながら、栗林青年の像を思い描こうとした。

布良は栗林の連絡先を聞かなかった。仕事を辞めて放浪中で、決まった住所を持たないと言っていたし、布良の家には電話もないからだ。若いうちは、悩んで人と違う生き方を模索することもあるものだと、理解を示したつもりらしい。

「また来ます、と言ってましたよ」

「栗林の写真はありますか」

「いや。大昔のフィルムカメラは持っているんですがね。フィルムを買って現像するのも高くつくので、近ごろじゃ写真はさっぱり」

布良は、人類の絶滅危惧種だ。

スマホを手にした人類は、メモ代わりに写真を撮るようになったというのに。

「栗林が、こちらに残していったものはありませんか。ノートとか、SDカードとか」

　布良は、「いいえ、何も」と言って首を横に振っただけだった。

　――では、これで行き止まりか。

「布良さん、栗林の人相は覚えていますか。似顔絵を作りたいんですが」

　布良が困った顔をした。

「うーん。栗林君が気を遣って、寝る時までマスクをかけていたんですよ。僕は、彼の素顔を見たことがないな」

　栗林がマスクを外さなかったのは、布良に素顔を見せないためだ。慎重なハッカーだ。だが、二週間近くもいれば、どこかに指紋くらい残っているかもしれない。

「家庭菜園のレベルではありませんね。ひとりでここまで畑を開墾されるなんて」

　話を終えて外に出ると、田んぼや段々畑のみごとさが目についた。写真を撮ると映えそうだ。こんな山奥に、きれいに整備された田畑があるなんて、ふつうは気がつかない。十年かけて、布良が丹精したのだ。

　栗林は、どうしてこの場所を選んだのだろう。それに、二週間近くもここで何をしていたのか。

「たいした田畑ではありませんが、収穫したものを売るわけじゃないから、珍しい品種でも試せるのが楽しくてね。米や野菜など、いろんなものを作っていますよ。何より、自分で育てた野菜を、もいですぐ食べられる贅沢さが、たまらんですよね」

布良自身が、ここでの農作業を十二分に堪能しているようだ。

トッコはあらためて礼を言い、いずれまた警視庁から、指紋採取について協力をお願いするかもしれないと話して、布良の小屋を辞去した。


「それじゃ、『豆歌』の足取りは、ここまでですか」

レンタカーで新幹線の駅に戻りながら、豊が聞いた。

「そういうことだ。とりあえず、『豆歌』が使っていた携帯電話の線は、これで調べつくしたからな。別の線を考えなきゃ」

「『豆歌』のやつ、何を考えてるんでしょうね。警察を混乱させたいのかな」

「犯罪者の考えることなんか、わからん」

助手席のトッコはぶっきらぼうに言い放つ。

トッコたちがハッカー「ｂｅａｎｓ・ｓｏｎｇ」を追ってここまで来たのは、ある政治家の後援会事務所のサーバーに侵入して盗んだ情報が重要視されているためだ。

東京地検特捜部が収賄事件の手入れを行う寸前に、その情報を察知して、後援会事務所がサーバーを処分してしまった。このままでは証拠が足りず、政治家を起訴に持ち込むことができない。

だが、もし「豆歌」が盗んだデータの中に、それが残っていれば。

そういうわけで、以前から「豆歌」を追っているサイバー犯罪対策課に、特捜部から協力の打診があったのだった。

――「豆歌」は、必ず何かの形でその情報を残している。

トッコはそう確信している。

車幅ぎりぎりの私道をゆっくりたどり、ようやく舗装された道路に出ると、豊の運転が軽快になった。

「へえ、このあたりも、田んぼアートをやってるんですね」

「田んぼアート？」

豊が指さしたのは、道の片側に広がる水田だ。田んぼに揚羽蝶が描かれている。

「色の違う稲を植えて、絵や模様を描くんですよ」

「ああ、ニュースで見たことある。青森県の田舎館村じゃなかったか」

「それです。今ある品種だけじゃなく、古代米も使うそうです。面白いアイデアですよね。あんな大きなもの、よく上手く描けますね」

豊の感想にうなずきながら、トッコが考えていたのは栗林のことだ。偽名だろうが、とりあえず栗林と呼ぶことにする。

五月十五日から二週間近くここにいた栗林は、ハッカー「豆歌」こと「ｂｅａｎｓ・ｓｏｎｇ」に間違いないだろう。五月二十七日、栗林はここから最寄りの駅に電話をかけ、電車の運行状況を尋ねた。最寄りといっても二十キロあり、布良が軽トラで駅まで送ったそうだ。

「豆歌」が山奥の、固定電話も引いていないような小屋にひそんでいるとは、誰も思わなかった。

「栗林は、テレビ番組でここを知ったんだろうな」

豊もその番組を知っていた。

彼は学生時代からＣＴＦの大会で鳴らし、いったんサイバーセキュリティ関連の民間企業に就職したが、警視庁のサイバーセキュリティ技術職募集に応募して、めでたく採用されて一か月だ。

イマドキの若者らしく少しのんびりしているが、真面目でよく働く。サイバーセキュリティの知識も豊富だ。

加えて、トッコがひそかに「オタク」と呼んでいるほど、エンタメやサブカルチャー全般に詳しい。

「動画サイトに、部分的になら載っているかもしれませんよ」

助手席にいるトッコがスマホで検索してみると、布良の小屋が紹介された回の動画はすぐ見つかった。視聴者が録画して、五分ほど切り出して載せているようだ。

ドローンで空撮された田畑など小屋周辺の様子がわかるほか、布良本人も登場して、奥さんを亡くして隠遁生活に入り、農作業の意外な楽しさを知ったことなどを話している。

「この番組って、毎週やってるんだよね」

「そうです」

「これさあ、たしかに隠れるには良さそうな小屋だし、布良さんもお人よしって感じだけど、栗林はどうしてここを選んだんだろう。他の家じゃなく、ここを選んだ理由は何？」

　繰り返し動画を見てみたが、わからない。

「電気がちゃんと来てるとか？」

「そんなの、他の家でもそうだろう」

「住人が電話を持ってないからとか」

「ああ、それはあるかもね」

　万が一の時でも、住人が警察に通報できないメリットがある。しかし、番組内でそんなことを明かしただろうか。動画サイトには五分しかアップされていないので、そこまでわからない。

「単に気に入ったのかもしれませんよ。別に理由はないのかも」

　豊がハンドルを切りながら、軽い口調で言った。そうだろうか。栗林――「豆歌」のように計画的なハッカーが、そんな行き当たりばったりに行動するだろうか。

　トッコのスマホに着信があった。

『どうだ。何かわかったか』

サイバー犯罪対策課、捜査第八係長の住吉《すみよし》からだった。捜査第八係は生活安全部長の特命を受けて捜査に当たる。

トッコは布良から聴取した話を整理して報告した。とはいえ、栗林と名乗ったこと、二週間近く布良の小屋に潜伏したことがわかった以外、ほとんど進展はない。

『栗林という名前は、こちらで調べさせる。偽名だろうけどな。指紋採取の件は、誰か人をやるよ』

「お願いします。野崎《のざき》のほうはどうですか」

衆議院議員の野崎太郎《たろう》は、厚生労働大臣時代に、法改正による派遣適用除外業務の増加を恐れた労働者派遣業社からの陳情を受け、収賄を行った疑いで、現在、東京地検特捜部の捜査を受けている。

『後援会事務所を調べたが、データのバックアップも見つからなかった。サーバーはハードディスクを物理的に破壊した後に、産廃業者に引き取らせたようだ。証拠がないとわかっているから、野崎も大きな顔をしているよ』

トッコは係長に聞こえぬよう軽く舌打ちした。夕方の新幹線で帰ると報告し、通話を終える。

「トッコ先輩、このへん、あなご飯がおススメらしいですよ」

レンタカーを返却し、豊が何やら物欲しそうに言った。トッコは弁当を買ってすぐ新幹線に乗るつもりだったが、彼は近くの食堂に食べに行きたいらしい。

――まあいいか。豊も運転、頑張ったし。

駅周辺の食堂を探し、ふたりともあなご飯を注文して、トッコは自分のパソコンを開いた。メールチェックのついでに、「豆歌」や野崎についての新しい情報を探してみる。

「豆歌」は姿を消したきりだし、野崎は収賄などしていないと主張しているだけだ。

「『豆歌』って、日本人だったんですね」

食事が来るまでマスクを外さず、豊がのんびりスマホを操作しながら言う。

「違うと思ってた?」

「てっきり海外のハッカーなのかと」

だが、「豆歌」は、もう五年もハクティビストとして日本国内で暴れまわっている。主に、政財界の癒着や汚職事件を暴くデータを盗み、マスコミに流してきた。盗んだ情報は売らない。信頼のおける記者やライターに送りつけるだけだ。

トッコが、「豆歌」は必ず野崎のデータをどこかに残していると確信するのは、そのせいだ。あのハッカーは、彼なりの正義感で行動している。やっていることは犯罪だが、彼を動かすのは不正への怒りだ。

やつはデータを今度も記者に送りつけるだろうか。手っ取り早く、東京地検特捜部に送ってくれたほうがありがたいのだが。そうしてくれれば、トッコたちまで駆り出されて、こんな場所まで来なくても良かった。

「どんなやつだろうな」

「そんなに『豆歌』が気になるんですか」

トッコが言いかけたところに、あなご飯が運ばれてきた。マスクを外すと、しばらく無言で食事を口に運ぶ。

トッコも早飯食いだが、豊は大きな口を開けて、ばくばくとあなご飯を頬張った。

「トッコ先輩、これ見てください」

さっさと食事を終えた豊は、マスクをつけ直して、自分のパソコンの画面をこちらに見せた。

先ほど車から見かけた「田んぼアート」の揚羽蝶だ。

「写真？　いつ撮った」

うっかり口にして、急いでマスクをつける。

「これ衛星写真ですよ。このあたり、わりといろんな『田んぼアート』作品があるんですね。できがいいので、感心しました」

そう言いながら、豊は近在の作品をいろいろと見せてくれた。

黒に近いような濃い緑と、鮮やかな緑のコントラストが実に美しい。稲の葉が、品種によってここまで色が違うとは知らなかった。

「たしかに、稲で描いたとは思えないな」

感心して、ハッと気づいた。

「――待った。豊、その衛星写真で、布良さんの家のあたりを見せて」

「いいですよ」

布良の小屋は、小高い山頂付近にある。先ほど豊の運転で登った、うねうねと曲がりくねる道をたどると、ロッジ風の小屋の屋根と、太陽光発電のパネル、そして布良が丹精する田んぼと畑が見えた。

「それだ」

トッコは握っていた割り箸を置いた。

「豆歌」がここに二週間近くも居座った理由が、その衛星写真に写っていた。


「増崎、ご苦労だったな」

住吉係長が腕組みしたまま振り向き、うなずいた。

野崎元厚労相の自宅前だ。東京地検特捜部の特捜検事らが、大きな段ボール箱に押収した大量の資料を詰め込み、運び出している。

「俺たちには手出しできないが、ざまあみろと言いたくて見に来てやったのよ」

住吉がマスクをしたままカラカラと笑う。身長百九十センチメートル、学生時代は応援団長だったという住吉は、髪を短く刈り上げ、濃いサングラスをかけて、サイバー犯罪を担当する警察官というよりは、どこかの組員のように見える。

今朝のニュースで、逮捕され自宅から連行される野崎元厚労相の姿が何度も映された。六十二歳の政治家はマスクをかけていたので表情がよくわからなかったが、マスクの下では、ぶあつい唇をむっつりと引き結んでいたことだろう。

ぶじに逮捕状が出たのは、トッコたちが見つけた証拠のおかげだったが、サイバー犯罪対策課が関与できるのはそこまでだ。そもそも、トッコたちが追っているのは「豆歌」のほうで、野崎逮捕はその「おまけ」みたいなものだ。

「よく気がついたな。『豆歌』が、田んぼにそんなものを仕込んでおいたなんて」

住吉係長が感心したように言った。

栗林と名乗った男は、布良の田植えを進んで手伝い、ほとんどひとりで作業を終えた。

衛星写真を見て、トッコにもその理由がわかった。

布良の田も、「田んぼアート」だった。

ＱＲコードだったのだ。

ＱＲコード、すなわち正方形の二次元バーコードだ。スマートフォンなどの読み取り装置で読めば、さまざまな情報に変換できる。スマートフォンの普及とともに、一般にも利用が広がった、タイルのような模様のバーコードだ。

淡い緑と暗い緑、ふたつの品種の稲を使って、ＱＲコードを描いたのだ。

ただ、衛星写真を撮影した時期は、田植えが終わって間もない頃だったようで、模様がはっきりしなかった。「豆歌」が考えている「完全版」は、ちょうど今が見ごろではないか。

新幹線に乗り込む前にそう気づいたトッコは、すぐ住吉係長に電話をかけ、もうひと晩、出張先に泊まり、布良の水田をドローンで空撮する許可を得たのだった。

そうやって正確な画像を得た布良の田の模様は、あるファイルサーバーのアドレスに変換された。そこに、野崎の収賄の証拠をはじめとする、大量のデータが置かれてあったのだ。トッコと特捜部にとっては、「期待以上」の収穫だった。

「田んぼにQRコードを隠すなんて、妙に手の込んだことをするハッカーだなあ」

住吉が笑う。

田んぼアートでQRコードを描く試みは、他でもされていた。「豆歌」の発明ではない。

二年前、布良の小屋を紹介したテレビ番組を、「豆歌」も見たのに違いない。トッコは、テレビ局に打診して、二年前の番組の完全版を見せてもらった。

ドローンが、布良の田畑を高所から撮影していた。ほぼ正方形の田んぼを見て、QRコード計画を思いついたのだろうとトッコは想像する。

野崎元厚労相の収賄事件の証拠を手に入れた後、「豆歌」は布良の小屋に行った。田植えの時期を狙ったのだろう。

番組では、布良が番組スタッフとの会話中に、携帯電話が嫌いであることや、写真を何年も撮影していないので、スタッフが撮影して後日届けた写真を喜ぶシーンがあった。

――何もかも、うってつけ。

ＱＲコードを描くのにぴったりな正方形の田んぼ。写真を撮影される恐れのない環境。

「だけど、変ですよね。『豆歌』は、ハクティビストです。ハッキングを利用して、政治的な活動を行っています。手に入れた野崎事件の証拠を、田んぼのＱＲコードに託して、何がしたかったんでしょう。もし、私たちが見つけなかったら――」

「何もかも無駄になる、か？」

住吉がトッコを見て、にやりとする。

「理屈屋の増崎らしいが、相手は犯罪者だぞ。あいつらが、まともな筋道でものを考えるとは限らない。それに、あれきり『豆歌』は姿を消している。人生観を大きく変えるようなことがあったのかもしれないし」

「『豆歌』が、ハクティビストを引退するってことですか」

住吉が肩をすくめて、「俺が知るわきゃない」と言った。

「そういや、布良さんの小屋に鑑識を行かせたが、『豆歌』のものと思われる指紋は見つからなかったそうだ。まあ、三か月近くは経ってるからなあ」

「しかたがありませんね」

「豆歌」は、なかなか尻尾を摑ませない。

「なぁんだ、トッコ先輩ここにいたんですか」

軽躁な声がすると思ったら、豊が子犬のように駆けてきた。

「捜してたんですよ！　こっち、もう片づきましたよね？　S重工のサーバー侵入事件、調査に行きましょうよ」

「えらく積極的だな、豊」

住吉係長が眉を上げた。

「そりゃもう、係長。だって僕、こういう仕事がしたくてここに入ったんですから」

豊がニコニコしている。

S重工は、わが国の防衛産業の一翼を担う優良企業だ。先日、防衛機密をおさめたサーバーに、何者かが侵入を試みた。機密は盗まれなかったが、システム全体のセキュリティを高めて、今後の侵入を防ぎたいというS重工の要請で、トッコと豊が調査に入る予定だ。

「わかった。それじゃ、そろそろ行こうか」

特捜検事らの仕事ぶりを、指をくわえて眺めていてもしかたがない。住吉係長に挨拶して、野崎元厚労相の現場を後にすると、豊が子どもがじゃれるようにトッコの後ろからついてきた。

「トッコ先輩、そんなに『豆歌』が気になりますか？」

「まあな」

トッコは、「豆歌」を追いかけて五年になる。世の中の不正や汚職を暴く、彼の姿勢には賛同したい気持ちもあるが、やり方がいけない。不正アクセスは犯罪だ。

「『豆歌』は、このまま引退するんじゃないかと僕は思うんですよ」

豊があいかわらず無邪気に喋っている。

「どうしてだ」

「例のQRコードですよ。これまで、『豆歌』があんな手を使ったこと、ありました？」

「ない」

「しかも、田植えをするために、マスク越しとはいえ布良さんに会っているわけですよ。それって、今後もハッキングを続ける気がないからじゃないでしょうか」

「あれが最後のメッセージだって言うのか」

「まあ、そうじゃないかなという僕の推理にすぎませんけどね。世の中の不正を暴くのに、犯罪で対抗するのにも限界がある。『豆歌』が賢ければ、そう考えてもおかしくないでしょうし。トッコ先輩、あそこのビルから地下鉄の駅まで入れるんですよ、知ってました？」

豊が駆けていく。

「──ふん」

その背中を見送り、トッコは鼻を鳴らした。

「あいつ、私が気づいてないと思ってるんだろうか」

森西豊が配属された時には、トッコも気がつかなかった。だんだん疑い始め、もう間違いないと確信したのは、布良の小屋に行って、五月の訪問者が「栗林」と名乗ったと聞いてからだ。

「栗林」という苗字を分解すると、「西」と「木」が三つになる。「木」が三つで「森」。「森西」の暗号だ。インターネットに耽溺する人々は、よくこういう言葉遊びや文字遊びをやりたがる。「ネ」と「申」をつなげて「神」とするようなものだ。英米にはリートと呼ばれる、形や音の似たアルファベットと数字を使った暗号のような表記法もあるではないか。

しかも、ハッカーの名前は「ｂｅａｎｓ－ｓｏｎｇ」ときた。トッコたちは「豆歌」と呼んでいたが、これは本来、「豆曲」と訳すべきだったのだ。「曲」と「豆」をつなげると、「豊」になるではないか。

――ハッカー「豆歌」は、森西豊。

犯罪者が、自分を追う警察の中に新入りとして飛び込んできたわけだ。しかも、自分が「豆歌」だという証拠をちらつかせながら。

――気づかないと思っているのか。

それとも、気づいてほしいのか。気づいてなお、必要としてもらえると考えているのか。

トッコは微笑んだ。

（『豆歌』は、このまま引退するんじゃないかと僕は思うんですよ）

　そう告白した豊の言葉を、今は信じてやってもいいと思う。ハッカーを引退し、自分たちと一緒に、犯罪者を捕まえる側に回るというのなら。

　だから、布良の小屋まで無理に連れていかなかったのだ。会えばさすがに布良も、豊が「栗林」だと気づいただろう。

「トッコ先輩、次の電車は五分後です！」

　豊が手を振っている。

「わかったよ！」

　トッコは手を振り返し、急ぎ足になった。

みきにはえりぬ

松尾由美

「ねえ、先生。『菩提樹《ぼだいじゅ》』っていう歌があるでしょう。教科書に載ってるような昔の歌」

「シューベルトの？」

出だしのところを、わたしが右手だけで弾いてみると、

「そう、それ」

うなずく唯《ゆい》ちゃんは、うちの隣に住んでいる高校生の女の子。ちょっとだけピアノが得意なわたしのところに、しばらく前から週に一度習いにきています。

「何かむずかしい歌詞のやつ。木の幹に刃物で落書きしたとか、今だったらやばいような」

わたしを「先生」と呼んではいるけれど、レッスンの時だけのこと。講師の肩書きもない、ただの隣のおばさん（おばあさん？）なので、唯ちゃんの言葉づかいもカジュアルです。

「その歌がどうしたの？」

「うん、佳代子《かよこ》さんがね。あ、うちのお母さんのアシスタントをしてる人なんだけど」

「ということは、若い人？」

「二十五歳とか、そのくらい。どうして？」

「いえ、今の人にしては、わりと古風な名前だと思って」

「だよね」

唯ちゃんはまたうなずいて、肩までのまっすぐな髪を揺らし、

「佳代子さんのお母さんが昔から――高校生の時から、いつか娘ができたらつけようと思ってた名前なんだって。

ねえ、高校生だよ？　わたしくらいの。そんなのってある？」

「まあ、人によってはあるでしょう」

「先生はよく『人によっては』って言うよね」

髪と同じようなまっすぐな目をわたしに向けて指摘します。自覚はないのですが、そうなのかもしれません。

「お母さんのほうは真紀《まき》さんで、『親子が逆みたい』って、よく言われたって」

たしかに、お母さんのほうが今風の名前。

もちろん、二十五歳の人のお母さんなら、まずまちがいなくわたしより年下でしょうけど――なんて考えていたら、

「そのお母さんが急に倒れて、入院したと思ったら、そのまま亡くなってしまって。それまで元気だったのにあっけなく」

「お気の毒に」

「それでしばらく仕事をお休みしてたんだけど、こないだ復帰して、昨日はうちでいっしょに晩ご飯を食べたの。

何が食べたい？　何でもいいよって、うちのお母さんが言ったら、五目寿司がいいです、前に差し入れてくれたのおいしかったからって。

五目寿司なんてどこにでも売っているけど、買ってくるやつは酸っぱいんですよねって。お店では冷蔵庫に入ってるから冷たいし。

それでお母さんが五目寿司をつくった――たくさんのほうがおいしいからって、三人でもとても食べきれないくらい。わたしも手伝ったんだよ、かんぴょうを山ほど刻んだり」

「それはお疲れさま」

「それを佳代子さんが食べて、とてもおいしいです、酸っぱくないし、冷たくないし――そう言ってたけど、たぶんお母さんがつくってくれたのを思い出してたんだと思う」

「そうなんでしょうね」

「佳代子さんのところは母子家庭で、でもうちみたいに離婚したわけじゃなくて、最初から」

「いわゆる未婚の母？」

「そう、お父さんがぜんぜんいないやつ。もちろんどこかにはいるんだろうけど。佳代子さんはお父さんに会ったことがないし、それだけじゃなく、名前も、どんな人なのかも知らないんだって。

教えてほしいって、何度もお母さんに頼んだ。子供のころははぐらかされて、大人になってからやっと『高校の同級生』っていうところまでは聞き出したそうなの。二年の時にいっしょだった、彼氏とかじゃなく、本当にただのクラスメートだった人。

その人と三十歳くらいの時に偶然出会って、その時は恋人同士になったけど、事情があって結婚はできなくて、結局別れてしまった。赤ちゃんができたことも話せないまま。

それからひとりで佳代子さんを産んで、育てて、お母さん自身もその人がどこでどうしているかぜんぜん知らないんだって、そんなのある？」

「まあ、そういうこともあるでしょう」とわたし。「人によっては」と言いかけたのですが、さっき指摘されたばかりなので自重しました。

わたしは古風な人間ですが、女性がひとりで子供を産んで育てるという生き方を否定するつもりはありません。もしそれが可能なら。いろいろな意味で。

でも子供からすれば父親のことが気になるのは当たり前、どう伝えるかは大問題でしょう。

「とにかくお母さんは一生懸命働いて、休みの日には家のこと、洗い物とかお掃除とかをしながら、よく歌を歌ってたんだって。それも昔の、教科書に載ってるようなやつ」

話がようやく「菩提樹」に近づいてきました。

「昔っぽい歌詞のほうがリズムがよくて家事がはかどる、とか言って」

「ああ、それはあるかもしれない」

文語調というのでしょうか、昔の歌詞ならではの響きのよさはあるような気がします。

「そう言うわりにはうろおぼえで、あちこち言葉がちがっていたり、一番と二番が途中でつながっちゃったり。

歌い方も自己流だけどきれいな声で、佳代子さんはお母さんの歌が好きだったんだって。いつも水音や掃除機の音にまぎれてしまうから、たまにはちゃんと聞きたいような、でも何もしていない時のお母さんに『歌って』と頼むのも照れくさいような感じで」

「わかる気がする」

お母さんという存在自体が、子供、特に娘にとって、その歌声みたいなものなのかもしれません。

「そんなお母さんが、突然亡くなったあと」

唯ちゃんは椅子の上で背筋を伸ばし、口調もちょっとあらたまって、

「佳代子さんがいろんな手続きをしなくちゃいけなくて、お母さんが大事なものをしまっていたひきだしを開けたんだって。

そしたら、その中に」

「その中に?」

「通帳とか保険証とかの下に、四角い白い封筒がひとつ、そこに『佳代子様』って書いてあったんだって。

開けてみると、絵葉書が一枚。きれいな森みたいなところに、一本特別大きな木がある、そんな写真の。

そして反対側には、『菩提樹』の歌詞が書いてあったんだって」

「お母さんの手書きで?」

「そう」

「歌詞だけ? ほかには何も?」

「何も」唯ちゃんは頭を左右に振り、

「だから佳代子さんも、見つけた時は、頭の中がクエスチョンマークでいっぱいになったって」

それはそのはずで、いったいどういうことでしょう。

「お母さんのお気に入りの歌だったの?」

「そういうわけでもないみたい。たしかに歌ってはいたけど、しょっちゅうとか、そればっかりなんていうことは。

だからいまだに意味がわからないんです——そんな話をしている時に」

「その時に？」

「『ピンポーン』って、玄関のチャイムが鳴って、宅配便が届いた」

「なあんだ」

わたしは拍子抜けします。何か劇的なことが起こったのかと思ったのに。

「わたしが出て、荷物を受け取って、お母さんのお風呂上がりの化粧水だったから洗面所に持っていって」

それにしても、人間の肌って、あんなにいろいろつけないといけないものかな？お風呂上がりの体にはこれ、顔にはこれ、それも顔全体用と目のまわり専用のやつ、朝起きた時にまた別のとか。

「何かと気になるお年頃なのよ」

唯ちゃんのお母さんは四十代なかば、もう若くないと思ったり、まだまだいけると思ったり、気持ちの上で忙しいのでしょう。

十代の娘の、何もつけなくても輝くような肌を日々間近に見ていれば、なおさらのことにちがいありません。

「それで、歌の話だっけ」

「そうそう。昨日の話。わたしがリビングに戻っていったら、歌声が聞こえてきたの。

佳代子さんが歌ってた。いつもまじめで、控えめで、人前で歌ったりするような人じゃないのに」

「『菩提樹』を？」

もちろん、話の流れからいってそうに決まっていますが、

「そう」唯ちゃんは案の定うなずいて、

「わたしが入っていった時はちょうど歌い終わるところ。お母さん譲りなのかはわからないけど、きれいな声、しみじみとした歌い方で、最後の『ここにさちあり』っていうところを。

伸ばした『り』が消えた時には、余韻っていうの？　何ともいえない雰囲気があって、わたしがそれに浸っていた時」

「その時に——」

「うちのお母さんが、それをぶちこわすような大声を出したの。

『ちがう』って、いきなり。『そうじゃない』って。ドラマとかで弁護士が『異議あり』って言うみたいに」

「どういうこと？」

「最初のところ、わたしは聞いてないんだけど、佳代子さんは『岸辺に沿いて』と

歌ったらしいのね。

だけどそこはそうじゃなく、『泉に沿いて』のはずだって」

わたしは思い出してみます。どうでしたっけ？

「たしかに『泉』だったような気はするけど――」

「わたしもどっちかわからなかったけど、お母さんが言うには絶対にたしか、昔学校で習った時、泉さんという子がからかわれていたのをおぼえているからって。だとしても、大人げないなと思った。泉でも岸辺でもどっちでもいいじゃない。まあお酒を飲んでたからだろうけど、あんなに大きな声を出さなくても。

そしたら佳代子さんが、そうおっしゃるならそうなんでしょう、母の勘違いなんでしょうが、絵葉書に『岸辺』と書いてあったのは間違いありませんって。

ちょっとのあいだ三人とも黙っていたけど、そこで急に思いついて、今度はわたしが大声を出したの。

『それ、わざとじゃない？』って」

「わざと？」

「ほら、『泉』っていう人がいるなら、『岸辺』だってそうじゃない？　普通の言葉だけど、人の名前でもおかしくないでしょう。

佳代子さんのお母さんはわざと間違えて書いたのかもしれない。佳代子さんが気づいて『あれ？　岸辺？』って思うのを期待して。それがお父さんの名前だから

――」

わたしは考えてみますが、ちょっと突飛な気もします。それに、そんなに大事なことを、そんなまわりくどいやり方で伝えるものでしょうか。

「そう言ったら、佳代子さんは？」

「『えっ？』とびっくりして、それから『もしかしたら』みたいな顔になったけど、すぐに頭を横に振った」

「ちがうって？」

「うん、お母さんの高校時代の名簿は家にあって、佳代子さんは見たことがあるから。二年の時のは『この中の誰かがお父さんなんだ』って、何度も何度も。全部をそらでおぼえているわけじゃないけど、岸辺という人がいなかったのは間違いありません、そんなふうに断言したの」

学校のクラスといえばだいたい四十人程度でしょうか。男子にかぎればおおむね半分になるとして、二十人かそのくらい。

名簿をくり返し見ていれば、ある程度は頭に入り、「特定の名前の人がいたかどうか」くらいは即答できる数なのでしょう。

そらでおぼえるには多すぎる数かもしれませんが。もちろん、ひとりひとり訪ね歩くにも。

「そういうわけで、わたしはちょっとがっかり」唯ちゃんは肩をすくめて、

「すごくいいことを思いついた気がしたんだけど、間違ってたのがわかったら、佳代子さんに悪かったんじゃないかって。

一瞬期待させたこともそうだし、その絵葉書って、お母さんの形見みたいなものでしょう。

そこに『隠された意味があるかも』なんて、面白半分というか、不謹慎というか」

「そこまで思うことはないんじゃない？」

「だったらいいけど」

唯ちゃんは目を伏せ、わたしは体をひねってテーブルのほうへ手を伸ばしました。

最近やっと使い方がわかってきた便利な道具、スマートフォンを手にとると、ブラウザ（という言葉もおぼえました）の窓に「シューベルト　菩提樹」と入力します。

たったそれだけで、声楽家がこの歌を歌っている動画や、百科事典みたいなページ、誰かの感想文までずらずらと出てくるのですから、まったく便利な世の中です。

歌曲集「冬の旅」の一部ということはわたしも知っていましたが、日本語の訳詞は近藤朔風《こんどうさくふう》という人の作だそうで、こんなふうに紹介されていました。

泉に沿いて　繁る菩提樹
慕いゆきては　うまし夢見つ

幹には彫《え》りぬ　ゆかし言葉
うれし悲しに　訪《と》いしその蔭

今日もよぎりぬ　暗き小夜中
真闇に立ちて　眼《まなこ》閉ずれば
枝はそよぎて　語るごとし
来《こ》よ愛し友　此処《ここ》に幸あり

面《おも》をかすめて　吹く風寒く
笠は飛べども　棄てて急ぎぬ
はるか離《さか》りて　佇まえば
なおも聞こゆる　此処に幸あり

「あらためて見ると、やっぱりむずかしい歌詞だね」

のぞきこんだ唯ちゃんの第一声がそれ。

「たしかに古い言葉が多いわね」とわたし。「『うまし』は『美しい』という意味よ、念のために言っておくと」

「『おいしい』という意味だなんて思わないよ」唯ちゃんは抗議するように言って

から、

「だけど、こうやって漢字になってるほうが、まだ意味がわかりやすいかも」

「楽譜に書いてある時はひらがなだものね。みきにはえりぬ、ゆかしことば、なんて、まるで――」

呪文みたい。わたしはそう言おうとしたのですが、

「まるで暗号みたいだよね」

唯ちゃんの口から出たのはその言葉でした。

小鬼のようにぽんと飛び出し、わたしたちの前に――ピアノの鍵盤の上に鎮座した、そんな気がしました。

そして、一瞬後に、わたしたちは顔を見合わせたのです。

おたがい、相手の考えていることがわかりました。さっき唯ちゃんが「不謹慎」と言ったようなまさにそのこと――佳代子さんのお母さんの絵葉書には隠された、それも手のこんだ形で隠された意味があるのではと、二人とも考えはじめているのが。

二人とも。高校生はまだしも、とっくに還暦をすぎたわたしまでがです。

「暗号とまで言うと、何だか突拍子もない気もするけど」わたしが用心深く言うと、

「でも、普通だったら、わざわざ絵葉書に歌詞を書いたりしないのはたしか」唯ちゃんのほうは力強く、

「封筒に入れて宛名まで書いてあったなら、佳代子さんへのメッセージなのもたしかだし――」

「しかも、その封筒を、大事なものを入れるひきだしにしまっておくなんて」

わたしが先をつづけます。お母さんの年齢からして、「何かあった時に」娘が見つけるようにそうしたとは思えず、いつか手渡すなり何なりするつもりだったのでしょうが、

「やっぱり特別なことなんでしょう。佳代子さんに伝えたい、それでいて、普通にわかりやすい形で伝えるのには抵抗があること。

だとしたら、唯ちゃんが言ったように、『お父さんの名前』というのはありそうな話よね」

お母さんには自分ひとりで佳代子さんを育てたという自負があったことでしょう。またお父さんと「事情があって結婚できなかった」という、その事情によっては、教えるのをためらう気持ちが強かったかもしれません。

だからわかりにくい形をとったとしても、メッセージを残したからには読み解いてほしいはずだし、何より佳代子さんが知りたいと思っているのはたしか。

そういうわけで、わたしたちはやってみることにしました。

そもそも唯ちゃんがうちに来る目的のはずのピアノに背を向けると、わたしはテーブルの上に紙をひろげ、唯ちゃんはスマートフォンの中のメモ用紙で、暗号（と

思われるもの）を解こうとしたのです。

まず、調べた歌詞を——最初の「泉」を「岸辺」に変えた上で——すべてひらがなに直すところからはじめました。

「暗号っていえば、やっぱりひらがな。縦に読んだり、斜めに読んだり、一字とか二字ごとに飛ばしたり」

唯ちゃんがそう言ったからというのもあるし、そもそも漢字については、紹介されている場所ごとに文字も使い方もまちまちで、どれが決定版かはわからないのです。

そして唯ちゃんが「縦に読む」と言ったのは、スマートフォンが横書きだから。問題の絵葉書がどちらだったかはわかりませんが、わたしのほうは縦書きにしてみました。

きしべにそいて　しげるぼだいじゅ
したいゆきては　うましゆめみつ
みきにはえりぬ　ゆかしことば
うれしかなしに　といしそのかげ

こんな具合ですが、方向を変えたり飛び飛びにしたり、どんなふうに読んでも発見はありません。

そもそも隠されたメッセージがあるとしたら、一番の中にというのがありそうなこと。またこの場合、「泉」を「岸辺」に変えたのがわざとだとしたら、そうでなくてはおかしいのですが――

とはいえそこはお母さんの勘違いかもしれず、だとしたら二番でも三番でもおかしくないのです。けれど最後までのどこを読んでも、半分の長さで改行するよう書き換えてみても、

「何かが浮かびあがってくる、なんてことはないよね」

と唯ちゃん。まさにそんな感じ、沼みたいなにごった水に目をこらし、中にひそむ謎の生物が浮上しないかと待っているのですが、一向に出てこない――そんなふうなもどかしい気分です。

隠されたメッセージは（もしあるとして）お父さんの名前とはかぎらず、特定するような言葉かもしれません。

名簿の何番目とか、クラス委員とか。そんなふうに発想を変えても、何ひとつ見えてはこないのは同じです。

「もしかしたら、ヒントがいるのかも」

「ヒント？」

「たとえばの話」唯ちゃんはひとさし指を立てて、

「クイズとかであるでしょう。絵葉書の写真が『タヌキ』だったら、並んだ文字から『た』を抜くとか、そういうやつ」

「逆さ富士の写真なら、おしまいから逆に読むとか？」とわたし。小説かドラマでそういうのがあったと思い出しました。

「でも、大きな木の写真だったわよね。だとしたら――」

「ただ、曲のイメージに合う、きれいな写真を選んだだけなのかも」

どうも「写真」はヒントにならないような気がします。

ほかに何か切り口はないでしょうか。そういえば、

「旧仮名づかい、ということはないかしら？」

「先生が子供のころはそうだったの？」

わたしは不意をつかれて一瞬絶句してから、

「切り替わったのは戦後すぐ、わたしが生まれるずっと前よ」唯ちゃんに教えてあげました。「佳代子さんのお母さんはもっと若いし、まさかとは思うけど、古い歌なのはたしかだから」

万一を考えて、旧仮名で育ったわけではない（強調しておきます）わたしがうろおぼえで書き直すとこんな感じ、

きしべにそひて　しげるぼだいじゅ

したひゆきては　うましゆめみつ
みきにはゑりぬ　ゆかしことば
うれしかなしに　とひしそのかげ

全体に「は行」の文字が増えますが、だからといって結果は変わらず。

「あのね、先生」

スマートフォンを置いて頬杖をついていた唯ちゃんが、瞳を上げて言いました。

「さっきわたしが、『浮かびあがってくる』って言ったでしょう」

垂れかかる髪のあいだから、若々しい頬をのぞかせて。

「ええ」

「隠されたメッセージがあるとしたら、そんなふうにはっきりしたものなんじゃないかな。変な言い方だけど。『隠されてる』のに『はっきり』だなんて」

「わかる」わたしはうなずいて、

「そのまま見たのではわからなくて、ひと手間かける必要があるけど、そのあとは一目瞭然。そういうことでしょう？」

「そう、『これかもしれない』じゃなくて、『これしかない』ってぴんとくるような。さっきの重田さんみたいなのじゃなく」

唯ちゃんが言うのは、一番の歌詞を半分の長さで——一行目なら「きしべにそいて」のところで改行してみた時のことです。

そうしておいて、上から二文字目を拾って読むと「しげたまきかれい」となり、「お母さんの名前が真紀だから、『しげた』がお父さんの苗字なんじゃない?」

唯ちゃんはそう言い、わたしも飛びつきそうになりました。重田さん、または繁田さんなどと漢字を当ててもみましたが、最後の三文字が意味不明だし、全体にいかにも中途半端。

たぶんこれはちがうだろうと、二人の意見が一致したのです。

「やっぱり、ヒントがいるのかもね」わたしが考えついたことを言いました。

「お母さんは佳代子さんに、封筒を直接手渡すつもりだったのかもしれない。だったらその時に、ひとこと添えるつもりだったのかも」

もしそうならお手上げ、あきらめるほかはありませんが——

そんなふうに、わたしたちがそれぞれ、若く柔軟な頭と、固いとはいえ少しは役に立つことも詰まっているはずの頭を抱えていた時、

「ピンポーン」

鳴り響いたのは、散文的この上ない音、玄関のチャイムの音でした。通販で頼んだ荷物が届いたのです。

わたしは受話器を置いて歩きだし、その瞬間にふと気づいて足を止めました。かかとでくるりと回って、テーブルのほうへ戻ります。

「先生、何してるの？」

スマートフォンを手にとったわたしに、唯ちゃんが声をかけ、

「あのね」わたしのほうは操作しながら、「悪いけど、玄関で荷物を受け取ってくれる？」

「いいよ、判子は？」

「下駄箱の上、猫の置物のところ。それから、受け取ったら洗面所に置いてきてほしいの」

「わかった」

ややあって、唯ちゃんがリビングに戻ってくると、わたしが画面をのぞきこんで、

「一分十秒」

「何それ？」

「時間を計ってたの。これで。いろんなことができて便利よねえ」

「スマホのストップウォッチなら、たしかにそうだけど」唯ちゃんがいぶかしげに言います。そもそもその使い方を教えてくれたのは彼女でした。

「あと、届いたのはお菓子みたいだけど、どうして洗面所に置くの？」

「ちょっと、実験」

「えっ？」

「唯ちゃんの家は、うちとだいたい同じ大きさだし、間取りだって似たようなもの」

要点がつかめていない唯ちゃんに、わたしが説明します。

「昨日の夜、佳代子さんが『菩提樹』を歌いはじめたのは、玄関のチャイムが鳴ったあとだったわよね。唯ちゃんがそれに応えてリビングを出てから」

「そうだけど——」

「そして荷物を受け取って、洗面所に寄って、戻ってきた時には歌い終わるところだった。でも、それって早すぎない？

今、唯ちゃんが一分ちょっとで戻ってきたなら、昨日のその時も同じくらいだったはず。それなのにもう歌が終わるところだった、『ここにさちあり』のところだったというのはおかしな話でしょう」

唯ちゃんは黙ったまま、くちびるをちょっと開いて真剣な顔つき。考えているのか、それとも頭の中で歌っているのか。

「念のために計ってみましょうか」わたしは腰を浮かせ、「『冬の旅』のCDならたしかあったと——」

「探さなくても大丈夫。ユーチューブに動画があるから、それを見れば」

「あ、そうね」

わたしがすわり直した時には、唯ちゃんはすでに自分のスマートフォンに動画を表示させ、再生ボタンを押すばかりというところでした。

「じゃあ、わたしはこっちで時間を計るわね。『せーの』で」

「そんなことをしなくても、動画の下に時間が出るから」

つくづく便利な世の中だと思います。

「わたしが合図したら、そこで止めてね」

唯ちゃんが再生ボタンを押し、小さな画面の中のステージで、伴奏者がグランドピアノを弾き、ロングドレスの声楽家が「菩提樹」を歌いはじめました。

「ストップ」

一番が終わったところで止めてもらいます。

「一分二十二秒」唯ちゃんが言い、

「それは動画の頭からで」わたしが念を押します。「最初の間とイントロで二十秒以上あったから、歌い出しからは一分あるかどうか。

プロが伴奏つきで歌ってそのくらい、普通の人が口ずさむ時はもう少し速くなるとしても、五十秒とかそのくらいで、半分になったりはしないでしょう」

「だとしたら？」

「チャイムが鳴ってから歌いはじめて、唯ちゃんが戻ってくるころに歌い終えることができるのは、せいぜい一番までということ」

わたしは淡々と結論を述べます。そうとしか考えられないのですから。

「でも、わたしが聞いた歌詞は――」

ここにさちあり、佳代子さんはそう歌い終えたそうですが、その言葉で終わるのは二番か三番です。

「途中から歌ったってこと？　二番だけか、三番だけ」

「ありえない」わたしは即答します。「最初のところは『泉に沿いて』だって、唯ちゃんのお母さんに指摘されてるじゃないの。

佳代子さんは最初から歌いはじめたの。一番を歌って、そこでやめたのよ」

そもそも、お世話になっている人の家で食事をしながら、そんなに延々と歌うはずがないのです。亡くなったお母さんの思い出がらみだとはいえ。ふだん控えめでおとなしい人が。

「絵葉書に書いてあったのもきっと一番だけなんでしょう。考えてみれば絵葉書なんて小さいものだし」

全部書くとしたら細かくびっしりになってしまい、その意味でもそう考えるほうが自然です。

「だけど」

唯ちゃんは納得していない顔つきのまま、歌詞を書いた紙を指先でとんとんと叩きながら、

「一番の終わりは『といしそのかげ』だよ？」

「歌詞を間違えていたの」とわたし。「一番の途中までと、二番か三番の終わりをつなげておぼえてしまったのよ。誰でもよくやるし、佳代子さんのお母さんもそう

いうことがあったって、たしか話の中に出てきたはず。

たぶん最後の一行だけを、二番か三番の最後と入れ替えてしまったんでしょう」

後半の二行ではなく一行と言ったのはわたしの勘、自分だったらそんなふうに間違えるだろうという思いからでした。

唯ちゃんが最初にこの歌詞を話題にした時にも「木の幹に刃物で落書き」と言ったように、「みきにはえりぬ」の部分は印象的なので、そこを飛ばすことはないだろうと。

やってみると、二番の最後を持ってきたほうが前後のつながりがよく、

岸辺に沿いて　繁る菩提樹
慕いゆきては　うまし夢見つ
幹には彫りぬ　ゆかし言葉
来よ愛し友　此処に幸あり

もとの歌詞とくらべると、場所が泉のほとりから川岸になり、本来なら菩提樹の枝がささやく言葉が、誰かが幹に彫った言葉となって、情景も意味も変わってきます。

けれどもこうして見ればそれなりにもっともらしい歌詞で、一番で完結している

ようなおもむきさえあるのです。

佳代子さんのお母さんが「菩提樹」の歌詞としておぼえていたのは、そして絵葉書に書いたのは、こういう言葉のつらなりだったのではないでしょうか。

そして、今までさんざんやったようにこれをひらがなに直し、さらに半分の長さで改行してみると、

きしべにそいて
しげるぼだいじゅ
したいゆきては
うましゆめみつ
みきにはえりぬ
ゆかしことば
こよいとしとも
ここにさちあり

上から二番目の列に、「しげたまきかよこ」という文字が、不思議な生き物のように、まさに浮かびあがって見えるのでした。

わたしたちはしばらく黙ったままその紙をながめていましたが、

「佳代子さんっていうのは、お母さんが高校生の時から決めていた名前だよね」

ややあって、抑えていた息を吐き出すように、唯ちゃんがそう言い、

「そう」わたしがうなずきます。「いつか娘ができたら、その名前をつけようと」

「お父さんになった人は、高校の時は彼氏じゃなかった。ただのクラスメートだったと言っていたけど――」

「それはたぶんそうだったんでしょう。でも」

「佳代子さんのお母さんは、その人のことが好きだった」

「そう。好きだった。大好きだったの」

「たぶん片思いで」と唯ちゃん、「告白も何もしなかったけど」

「それでもとても好きで、たまたま口ずさんだ歌の歌詞に」

実際には間違っておぼえていた歌詞だったのですが、

「その人の苗字と自分の名前、そしてもうひとりの女の子の名前が隠れているのを見つけたら、すっかりうれしくなって、そのことを大事に自分の心にしまっておいた」

心の中の菩提樹の幹に、その八文字を彫りつけるように。

お母さんが夢見た「いつか娘ができたら」というのは、本当のところはこうだったでしょう、「あの人と結婚して娘ができたら」。

片思いをしている少女にとっては、突拍子もない夢で、お母さん自身もそう思っ

ていたのではないでしょうか。

けれども大人になってから、その夢の一部がかない、残る一部はかなうことがありませんでした。

「大人になって再会した時、事情があって結婚できなかったという、その事情がどんなものかはわからないけど」

うすうすはわかるような気がします。男の人の側にすでに——そうではなく別のことかもしれないのですが。

「どういうことだったとしても、お母さんは、昔からその人のことが好きだった。十代の時にしかありえないような——」

どうつづければいいのでしょうか。純粋さ、それとも強さ、もしかしたら愚かさ。

「心の底から湧きあがるような気持ちで、とにかく大好きだった、そのことを佳代子さんに伝えたかったんじゃないかしら。お父さんの名前だけじゃなく、もしかしたらそれ以上に」

十代にしかできないような恋。そんな気持ちを、目の前の唯ちゃんが経験したことがあるかどうか、または今現在しているのかも、ただの隣のおばさんであるわたしにはわかりません。

ないよりは、たぶんあったほうがいいのでしょうが、そんな恋が唯ちゃんを傷つけることだけは決してあってほしくない。

唯ちゃんのまっすぐな髪と、まっすぐな目、そして輝くばかりの頬を見ながら、
わたしはそんなことを思っていたのです。

青い封筒

松村比呂美

「小学生じゃあるまいし、感謝の手紙なんか、だっせえよな」

「ペーパーレスの時代に、わざわざ手書きにする意味があるのかな。そんな手紙もらっても、誰も喜ばないって」

息子の修斗《しゅうと》の部屋から話し声が聞こえてきた。

修斗と同じ高校に通っている親友の浩太《こうた》と、半年前に転校してきた口数が少ない幌《あきら》が、学校帰りに遊びにきている。

真穂子《まほこ》は片付けの手を止めて耳をすました。

リビングの横にある洋室が修斗の部屋で、ドアの下にわずかな隙間があるせいか、話し声がリビングまで聞こえてくるのだ。

ダサいと言われているのは担任の北村先生のようだった。剣道部の顧問もしている人気の先生だが、卒業までに礼状を書く、という課題を出して不評を買っているようだ。

修斗は、礼状を書いたことなどないだろう。礼状どころか、手書きの手紙も何年も書いたことがないに違いない。年賀状もＳＮＳでのやりとりで済ませているようで、ここ数年、修斗には葉書の年賀状は一通も届いていない。

最後に手書きのメッセージを書いたのは、たぶん小学五年生のときだろう。

――おかあさん　いつもありがとう。修斗――

母の日のカーネーションに添えられたカードにそう書かれていた。

短い言葉だったけれど、嬉しくて涙がこぼれた。

それが今では、ほとんど親とは話さなくなっている。

幼い頃から、夫が口やかましく注意していたから、反発して喋らなくなってしまったのかもしれない。

口答えをするな、というのも夫の口癖だから、ますます修斗の口は重たくなってしまった気がする。

今では、おまえの躾が悪いからこうなったんだ、と言うだけで、返事をしない修斗に注意をすることもなくなった。

だが、父親に反発するだけでなく、母親の真穂子まで避けるのはどうしてだろう。

自分が気付いていないだけで、夫と同じように、うっとうしいと思われるようなことをしているのかもしれない。

今は、母親と仲のよい男の子が増えているという。母親とふたりでショッピングに行くのが楽しいと、ためらいもなく口にしている高校生をテレビで見たことがある。

ひと昔前なら、マザコンだとからかわれただろうが、今は、母親を大事にする男子は、妻を大切にする優しい夫になると言われているらしい。母親との会話が多いと、人の気持ちがわかる子になるというのを聞いて焦ってしまった。

修斗は大丈夫だろうか……。

幼い頃は、おかあさんが大好きと言って、四六時中ついてまわっていた。ひとり息子だから厳しいくらいにしなくては、と思いつつも、甘やかしてしまったのも事実だ。

幼い頃、修斗は気管支ぜんそくの症状に悩まされており、苦しそうに咳をしている側で、寝ずに付き添うことも多かった。

健康でいてくれたらあとは何も望まないと思っていた。それは今も変わっていない。

気管支ぜんそくの症状は小学校高学年になると次第におさまっていき、中学生になった頃には、眠れなかった夜が嘘のように元気になった。

それでも真穂子に似て小柄で、運動は苦手のようだ。

背が高い夫はバスケットボールが好きで、シュートをもじって名前をつけたのだが、修斗は一度も運動部に入ることはなかった。

会話が聞こえなくなったので、真穂子は慌てて手にしていたモップを動かして床の掃除を再開させた。

静まり返った部屋で何をしているのかはわからない。勉強なのか、ゲームなのか、それぞれ漫画本を読んでいるのか。

時計を見ると、五時を回っていた。

今日も浩太と幌は夕飯を食べて帰るつもりなのだろう。

浩太の母親とは何度か顔を合わせているが、夕飯のお礼を言われたことがないから、たぶん浩太は、うちでごはんを食べていることを親に言っていないのだろう。仕事で帰宅の遅い母親から夕飯代をもらって、それを浮かせて小遣いにしているのかもしれない。

転校生の幌は、顎を引いて細い目で真穂子を睨むことがあるので少し怖い。家庭に問題があるという噂を聞いたことがある。

そんな幌と修斗がどうして仲良くなったのかはわからないが、今は当然のように、週に三回はうちで夕食を食べるのだ。

浩太と幌が初めて家に来たのは五カ月前のことだった。

友達ふたり連れて行くからごはんを作って、というメールが携帯に届いた。

修斗からメールがくることなど滅多にない。

時計を見ると夕方四時を回っていた。

その日は、鮭の南蛮漬けがメインの夕食の予定だったが、家族の分しか用意しておらず、とても食べ盛りの男子高校生三人の胃袋を満たすだけの量はなかった。

急いで、糀に漬け込んで冷凍していた鶏肉を取り出してから揚げにし、フライドポテトも添えた。ほかにも、厚揚げでかさ増ししたチャーハンと、あり合わせの野菜でスープを作り、どうにか間に合わせることができたのだ。

食事中も、食べ終わったあとも、美味しいという言葉は聞かれなかったが、ダイニングテーブルの上に並べた料理は気持ちがよいほどきれいになくなった。

それからふたりは、午後七時まで修斗の部屋で過ごして帰っていったのだ。


帰宅の遅い夫にその出来事を話すと、「くせになるから二度とするな」と言われた。

それ以来、浩太や幌の分の夕食を作っても夫には話していない。

夫は、修斗だけでなく、真穂子のことも無口だと言うけれど、口を封じているのが自分だと気付かないのだろうか。二十年の結婚生活で、夫には言わないでおこうと思うことが少しずつ増えていったのだ。

夫のどこが好きで結婚したのか、今では忘れてしまったが、糊のきいたカッターシャツが清潔そうに見えたことは覚えている。同じ職場に勤めている男性たちに比べて経済観念がしっかりしており、生活の心配がなさそうだという打算も働いたのかもしれない。

節約するのはいいことだと思うし、真穂子も無駄がないように気をつけながら暮らしているつもりだ。

だが夫は、何かを決めるときの判断材料が、いかにお金がかからないか、ということなので、窮屈に感じることが多い。

ケチな人とそうでない人は、どちらが損をしているか、というのを検証しているテレビ番組を見たことがあるが、長い人生で損をしているのはケチな人のほうだとアドバイザーが言っていた。

節約が過ぎる人は、物事の判断を迫られたとき、金銭の損得を優先して考えるので、間違った判断をしてしまうことがあるという。

確かに夫は、伯父の三回忌法要に出席するために車で移動中、渋滞に遭ったことがあるが、高速道路を使ったら間に合うのに、こんな距離で高速道路など使わないと言って、結局、遅刻したことがある。法要の席に出ることなく、会食が始まってから夫婦で出席して肩身が狭かった。

冷え込みが厳しい日に暖房をつけずに風邪をひいたり、熱帯夜にクーラーを使わず熱中症になったりしたこともあった。

浩太と幌は、最初に来た三日後に、またうちで夕食を食べて帰った。

その日はメールもなかったから一層慌てたが、夕飯用に準備していた餃子のほかに、冷蔵庫の中にあった野菜を全部炒めて大量の野菜炒めを作り、卵スープも作ってなんとかまかなった。

それからはいつふたりが来ても大丈夫なように、冷凍庫をフル活用してメニューを調整している。

三人とも食事中は話をせず、食べ終えても、ごちそうさまも言わないが、皿に盛った料理が豪快になくなっていくのをキッチンのカウンター越しに見るのは楽しかった。

それに、食べ終わった食器を流しに運ぶというのが、いつの間にかひとつの決まり事になって続いている。

料理は嫌いではないし、こうなったら自分の趣味だと思って続けよう。趣味はお金がかかるものだ。息子の友達ふたりの分くらいだったら、自分のパート代でなんとかなる。

そう思うことにしたのだ。


あれこれ考えながら手を動かしているうちに部屋の片付けが終わった。

朝から煮込んでいたおでんがいい感じにできている。

ふたつの大鍋で煮込んでいるので、三人がおなかいっぱい食べても夫の分も十分にある。

出汁の匂いが修斗の部屋まで流れていったのか、三人は、ぞろぞろと部屋から出て、ダイニングの椅子に腰を下ろした。

それぞれの深皿に、定番の具のほかに、牛すじ、がんもどき、ロールキャベツ、餅入り巾着など、食べごたえのある具をひとり十個ずつ入れ、テーブルに置いた。

ごはんは、大きめの茶碗に大盛りだ。

「たくさん作ってるから、おかわりしてね」

声をかけると、幌が顎を引いて細い目で真穂子を睨むように下から見た。

食事のときに話しかけるな、ということなのか。

この態度はあんまりだと思いながらも、副菜の白和えやキュウリの漬け物などをテーブルに運んでいった。

深皿のおでんが少なくなってきたので、そろそろデザートの杏仁豆腐を準備しようと思っていると、車のエンジンの音がして、キッチンの小窓から車庫に夫の車が入るのが見えた。

「おとうさんが帰ってきた」

真穂子の声を合図にしたように、浩太と幌はそそくさと立ち上がって、修斗の部屋から学生鞄を取ってきた。

玄関で夫とすれ違ったとき、挨拶をしたのかどうかはわからない。頭は下げたかもしれないが、ふたりの声は聞こえなかった。

「お帰りなさい。早かったのね」

声をかけた真穂子を無視して、夫はふたりの後ろ姿をじっと見ていた。

「また来たのか」

振り返った夫の眉間には深い皺が寄っていた。

「今日はおでんだったから……」

言い訳になっていないことはわかっていたが、おでんだったらいつもたくさん作るから、手間は同じだと伝えたかった。

ダイニングテーブルに食べかけの皿が残っているが、いつもは食器を運んでくれるのよ、と言うわけにもいかない。

「今日で何回目だ」

夫の言葉を聞き、修斗が逃げるように自分の部屋に入った。

「週に一度くらい……」

とても週に三日とは言えない雰囲気だ。

真穂子は、食べかけのおでんが残っている深皿をキッチンに運んだ。

「そんなに来てるのか。食材だってばかにならないだろう。あいつらの親は知っているのか。浩太の母親に電話しろ。知り合いだろ」

夫は、背広も脱がず、キッチンに入ってきた。

「電話してなんて言うの?」

「いつも息子さんが来てるから、今度はうちの息子がお邪魔しますと言うんだな」

夫はおでんの入った鍋を確認している。

「浩太君のおかあさんは遅い時間まで仕事をしているのよ。今日はおでんをご馳走したから、そのお返しに修斗の分まで夕食を作ってくださいと言うの?」

言いながら、だんだん腹が立ってきた。

「頻繁に夕食を食べていることを知っているのか聞くだけだ。聞いたら、母親が注意をして、もう浩太も来なくなるだろう。初めて見た顔は、幌という名前だったな。おまえ、完全になめられてるぞ」

五カ月前に真穂子が言った名前を、夫は覚えていたようだ。

「私が好きで料理をしているのよ。ふたり分の食材くらいは私のお給料から出せるから」

真穂子は、午前中だけトランクルームの受付の仕事をしている。

自転車で通勤しており、帰りにスーパーで買い物をして帰るのが日課だ。

「おまえは、よその家の子供のためにパートをしているのか。その金は、修斗の将来のために貯めるのが普通だろう? それがいやならパートなんかやめろ」

夫の声がだんだん大きくなってきている。

「それほど、修斗の友達にごはんを食べさせるのがいやなの? 少し多めに作るのが、そんなにいけないこと?」

真穂子は、夫に一歩詰め寄った。

「話を変なほうにもっていくな。高校生の親としての責任の話をしているんだ。家でたむろしていいことなんかあるものか。迎え入れているほうの責任もあるんだぞ。向こうの親も、知っていて放置しているんだったら無責任もいいところだ。よその親に負担をかけてなんとも思ってないということだからな」

夫は、自分が正しいとばかりにぐいっと首を伸ばした。

「話をすりかえているのはあなたのほうでしょう？　親の責任とか言いながら、あなたが気にしているのは食費のことじゃないの。これまでだって、いつもお金のことばかり。映画だって、見たい映画じゃなくて、安く見られるものばかり選んでたし、修斗が剣道を習いたいと言ったときも、防具が高いと言って習わせなかった。バスケットボールやバレーボールなら費用がかからないのにと言ったこと、忘れてないから」

真穂子は、高速代を出すのがいやで伯父の法事に遅れたこと、修斗が興味を持って、小遣いで買おうとした古地図を、そんなものを買っても成績が上がるわけではないと言って買わせなかったこと、ひどい頭痛が続いたので脳ドックを受診したいと真穂子が言ったとき、頭痛くらいで大げさだと言って反対したことなど、不満に思っていたことを途切れなく話した。

夫に対してこんなに強い口調で言ったのは初めてだ。

脳ドックは自分のお金で受診したが、結局、偏頭痛だった。

ほらみろと夫に言われたことを未だに根に持っている。

「いったいいつの話をしてるんだ。頭を冷やせ」

そう言った夫の顔は、血圧が上がっているのか赤くなっていた。

「あなたは節約と言いながら、そのときしか経験できないものを見逃したり手放したりしてきたのよ。修斗の好奇心の芽を摘んで、私の信頼をなくしているんだから。それは無駄であって、節約なんかじゃないから」

声を振り絞って言ったので、修斗にも聞こえただろう。

「話にならん」

夫は眉間に皺を寄せて、リビング内にある階段を上がった。

二階の寝室の奥に、ウォークインクローゼットと夫の書斎コーナーがある。

今回のことが引き金で離婚ということになったら、自分ひとりで修斗を大学まで行かせられるだろうか。

真穂子は夫の背中を見ながら考えていた。

家のローンはまだ十年残っている。

今、売却してローン分を払ったら、それほど多くは残らないだろう。

それを夫と折半にして、小さなアパートを借り、真穂子はフルタイムの仕事を見つけ、修斗にも奨学金の申請をしてもらったら、なんとかなるだろうか……。

頭の中に苦しい生活が浮かんできた。

大きなことを言っても、夫に依存している部分は大きい。


夫が、背広から部屋着に着替えて二階から下りてきた。

「おでんを食うぞ」

夫は、何事もなかったような顔をして、いつものように食卓に着いた。

真穂子は、温め直したおでんを夫の皿に入れてテーブルに置いた。

お酒を飲まない夫が好きな具は、がんもどきと大根、だし巻き卵だ。餅入り巾着も好物なので、餅のほかに、ぎんなんや人参、椎茸などの野菜もたくさん入れて作っている。

大声を出してエネルギーを消費したのか、真穂子もお腹が空いてきた。

自分の皿には、はんぺんやつくねなどを入れた。

夫は、黙々と食べている。

真穂子も向かいの席に座って、黙って食べた。

「餅巾着がうまいな」

夫がぼそりと言った。

「そう？　私も食べようかな」

真穂子は立ち上がって、自分の皿に餅入り巾着を追加した。

夫は、着替えている間に何を考えたのだろう。

今日の言い争いは、なかったことにするつもりらしい。

翌日の土曜日、夕食の支度をしていると玄関チャイムが鳴った。

「手が離せないからお願い」

真穂子はキッチンから、リビングのソファに座っている夫に声をかけた。

天ぷらを揚げている最中なので、途中でガスの火を消すわけにはいかない。

玄関から夫と女性の声が聞こえてきた。「いやいや」とか「とんでもない」などと夫が言っている。

天ぷら鍋に入っていた野菜を揚げてから、ガスの火を止めて玄関に行くと、浩太の母親が有名洋菓子店の紙袋を提げて立っていた。

「昨日、浩太から聞いて驚きました。ずっと夕食をご馳走になっていたそうで、すみません」

浩太の母親は、こちらが恐縮するほど深く頭を下げた。

「いつもじゃないですよ。たまにです」

真穂子は両手をパタパタと横に振った。

「こんなものではお礼にもなりませんが、召し上がってください」

浩太の母親は、洋菓子店の紙袋を夫に向けて差し出した。

「そんな気遣いは無用です。いつでも遊びに来てください」

夫はきっぱりとした口調で言った。

真穂子は横を向いて夫の顔をまじまじと見たが、浩太の母親の視線に気付いて、慌てて笑顔を作った。


「五千円くらいかな」

浩太の母親が帰ったあとで、夫は、真穂子が受け取った洋菓子店の紙袋をのぞき込んだ。

「テレビで紹介されているのを見たことがあるけど、並ばないと買えない人気のお菓子なのよ。食べたことがないから嬉しい」

「そうなのか」

夫は甘い物が好きなので、興味がありそうだ。

「浩太君が来ても夕飯を食べさせていいのね。いつでも遊びに来てくださいと言ったのはあなたですからね」

リビングに移動して、シックな黒い紙袋からリボンのかかった箱を取り出した。

「わかってるよ」

夫は、不機嫌な顔をしてソファにどしりと腰を下ろした。

修斗は塾に行っている。

週二日だけで、あまり勉強をしているようには見えないが、学校での成績は悪くない。このままいけば、私立だが、希望の大学には行けるだろう。

浩太は電子工学の専門学校に進み、幌は進学せずに就職するようだ。

これも、修斗に聞いたわけではなく、部屋から聞こえてきた会話で知ったことだ。

修斗は、ほとんど話をしないが、真穂子が部屋に入って掃除をするのはいやがらない。

部屋に置いているものには触らないようにするけれど、三日に一度のペースで掃除機をかけている。

浩太の母親が訪ねてきた翌々日、修斗の部屋に入って、まず机の上をハンディモップで拭いていった。

机の上は、いつもと同じく雑然としていたが、鮮やかな色が目に入った。

シンプルな洋形の、青い便箋と封筒のセットだった。

修斗は、これで礼状を書くつもりなのだろうか。

青は真穂子が一番好きな色で、そのことを修斗は知っている。最近よく着ているセーターも紺色だ。

先日の夫との言い争いを聞いて、もしかしたら真穂子に手紙を書く気になったのだろうか。

期待をしないようにしようと思いつつも、つい頬がゆるんでしまう。

その日は、いつもより念入りに掃除機をかけた。

それから一週間ほどして、久しぶりに浩太と幌がやってきた。

三人で修斗の部屋にこもると、つい聞き耳を立ててしまう。

「これ、使わずに済みそうだね」

修斗の声が聞こえた。

「北村も手紙を読ませろとは言えないしな」

担任の北村先生は呼び捨てにされている。

どうやら課題の礼状のことらしい。

使わずに済みそうだというのは青いレターセットのことなのだろう。

北村先生は、感謝の気持ちを文字にすることの大切さを教えたかっただけなのかもしれない。

確かに、受験勉強や就職活動で忙しい時期に強制的に手紙を書かせて、それをチェックするのは現実的ではない気がする。

期待しすぎなくてよかった。

真穂子は気を取り直して、ハンバーグのタネ作りを始めた。

まずは、包丁で厚切り肉をたたき、挽肉にしていく。

手間がかかるし、腕もだるくなるけれど、調理する直前に挽いたほうが美味しい気がして、ずっと続けている。

タネに入れる玉ねぎのみじん切りも大量に作り、加えるパン粉も、生食パンで作っている。卵も新鮮なものを使って、それらをボールに入れてこねていく。

食べ盛りの三人には、特大サイズのハンバーグをひとり二個ずつ。夫にはひとつ。自分と明日の修斗のお弁当用に、小さなサイズも作る。それぞれの顔を思い浮かべながら成形を続けた。

幌は就職活動で忙しいようだし、浩太も修斗も勉強に本腰を入れるようだ。

もうこんなにたくさんのハンバーグを作ることはないのかもしれないと思うと、ほっとすると同時に、少し寂しくなってしまった。

月が替わり、浩太や幌がうちに来なくなって、食事の支度にもあまり時間がかからなくなった。

修斗が大学生になったら、フルタイムで働いたほうがいいのかもしれない。

奨学金の申請をしていないので、年間数百万という学費は家計費から捻出しなければならないのだ。そのための学資保険は入っているけれど、これからどんな特別出費があるかわからない。

トランクルームの受付の仕事を午後もさせてもらえるだろうか。

そんなことをぼんやり考えながら、庭のプランターの花殻を摘んでいると、郵便配達のバイクが近づいてきた。
コトンと郵便物が投げ込まれる音が聞こえた。
立ち上がってのぞくと、封書が入っていた。
小さく胸が鳴った。
見覚えがある青い封筒だ。
石部真穂子様
宛名のきれいな字を見て、首を傾げた。
封筒を裏返して差出人の名前を確認する。
「え？」
小さく声が出た。
急いでリビングに入り、手を洗ってから、鋏《はさみ》で丁寧に封を切った。
中には、封筒と同じ、青い色の便箋が入っていた。
間違いない。修斗が買っていた封筒と便箋だ。

突然のお便り、失礼します。

手紙は、堅苦しい文章で始まった。

寒い日が続いていますが、お変わりありませんか。

僕は就職活動を続けていましたが、先日、無事に内定をもらうことができました。小さな会社ですが、社長がとてもいい人なので、少しでも役に立てるように頑張って働こうと思っています。

北村先生から、お世話になった人に感謝の手紙を書くように、という課題が出されたとき、真っ先に頭に浮かんだのは、美味しいごはんを作ってくれたおばさんの顔でした。


転校したばかりの頃、僕はみんなに無視されていました。

たぶん、よくない噂が流れていたのだと思います。

前の学校で先生ともめて転校したのは事実ですが、噂になっているような暴力をふるったことはありません。

そんなとき、修斗が僕に話しかけてくれました。

「うちに来いよ。おかんのごはん、美味しいよ」と誘ってくれたのです。

修斗は人気者なので、修斗と友達になった僕を、みんなもクラスメイトとして受け入れてくれました。

アルコール依存症の祖父とふたりで暮らしている僕の噂は聞いていると思うのに、おばさんは何も言わず、何も聞かず、黙ってごはんを作ってくれました。

おばさんが作ってくれたハンバーグは、ときどき夢に出てきます。

今は何もお礼ができないけど、就職して給料をもらったら、おばさんに何かプレゼントしたいです。

いつも、美味しいごはんを食べさせてくれて、本当にありがとうございました。

お体、大切にしてください。お元気で。

坂下幌

「あいつ、本当に手紙を書いたんだ」

真穂子が何度も読み返していると、いつの間にか帰っていた修斗が、後ろから手紙をのぞき込んでいた。

「幌君が私に……」

声に出した途端、涙があふれた。

「幌がおかんに礼状を書きたいって言うから、便箋と封筒を分けてやったんだよ」

修斗の言葉に何度も頷く。

「ときどき幌君に睨まれてたから、嫌われているのかと思ってたのに……」

「ああ、あれか。この前、担任に、顎を引くだけじゃ頭を下げていることにならないぞ、と注意されてた。おかんに感謝してたんじゃないの」

修斗は幌の真似をしたのか、顎を引いて見せた。

あれは真穂子を睨んでいたのではなかったのか。

「修斗のお陰でクラスに馴染むことができたって書いてあった」

息子の行為が誇らしい。

「そんなことないと思うけどな。幌、ああ見えて色々才能があるんだよ」

「字もきれいだしね。びっくりしちゃった。修斗も誰かに手紙を書いたの？」

「一応ね」

誰に出したのかは聞かなかった。

北村先生にチェックされないのに、ちゃんと手紙を書いただけで嬉しい。

「今日はたくさん話してくれるのね。おかあさんと話すのは、もういやになったのかと思ってた。子供の頃は、おかあさんが一番好きだと言って、ずっとあとをついてまわっていたのにね」

真穂子がトイレに行くときでさえ、修斗は、僕も一緒に入ると言ってドアの前で泣いていたのだ。

「高校生って、親とあんまり、話さないでしょ。普通だと思うよ。それに、今でもおかんのこと、好きだよ」

修斗はそう言い残して、自分の部屋に入っていった。

ようやく止まっていた涙が、またあふれ出た。

その夜、帰宅した夫はなかなか二階から下りてこなかった。

真穂子は、幌からもらった手紙を持って二階に上がり、寝室に入った。

夫が、書斎コーナーで立ち尽くしている。

その手には、青い便箋が握られていた。

「それ……」

「机の上にあった。修斗からだ。奨学金の申し込みもせずに進学できることを感謝しているらしい。バスケットは苦手だけど、修斗という名前は好きだそうだ」

夫は、便箋を真穂子に差し出した。

「読んでいいの？　私も幌君から手紙をもらったの」

真穂子は、青い封筒を夫に渡した。

ふたりで黙って手紙を読んだ。

「今日はいい日ね」

真穂子が言うと、夫は顎だけ引いて頷いた。

その仕草が、ちょっと幌に似ている気がした。

黄昏飛行
時の魔法編

光原百合

「こんにちは、5月6日午後5時となりました。『黄昏飛行』の時間です。お相手は永瀬真尋《ながせまひろ》。トワイライトのひととき、今日もお付き合いください。さて、この番組の提供は……」

FM潮ノ道《しおのみち》の看板番組（とメインパーソナリティとしては思っている）「黄昏飛行」、本日もジャズ調のオープニングテーマと共につつがなくテイクオフ。

「いつものように、リスナーの皆様から番組にお寄せいただいたお便りのご紹介から始めます。今回のお便りのテーマは、『言えなかった言葉』でした。『言えなかった言葉』だけに、懐かしい思い出とともにご紹介いただいた言葉が多かったように思います。いつもより長いお便りも多くて、ありがとうございます。それではまず、ラジオネーム・澤村葉子《さわむらようこ》さんからのお便りです」

「黄昏飛行」は、コミュニティFMであるFM潮ノ道に勤める永瀬真尋が、ここに嘱託社員として採用されてすぐに任された番組である。当時、大学を出たばかりで放送の仕事に何の経験もなかった（大学時代にアナウンサー養成学校に通っただけの）新人にいきなりこの番組を任せたFM潮ノ道局長が何を考えていたのか、今でもわからない。面接のとき、この子には見どころがある、と睨んだのだろうか。とはいえ最初は、一回の放送の中で両手の指で数えきれないほどの失敗を重ねていたのだから、局長はひそかに、見立て違いだったか、と後悔していたかもしれない。いつも英国紳士のように端然とした態度を崩さない彼は、自分の失敗を認めるのを断固嫌がる人物なので、聞いても無駄だから聞いてみたことはない。

以前こんなことがあった。パーソナリティの仕事に慣れた真尋が、放送開始ぎりぎりまでＦＭ潮ノ道の二階オフィスでくつろいでいると、オフィス入り口でスタッフの一人が手足をじたばたさせ始めた。何を踊っているのかと思ったら、真尋に合図を送っていたのだった。

「放送が！　無音になってる！」

声を殺してそう言っている。オフィスにはいつも、放送をそのまま流している。何かトラブルがあった時に気づいて対処するためだ。そういえば、その放送の音が今は聞こえない。番組の合間であってもＣＭやお知らせ、ＢＧＭは必ず流れているはずなので、日曜深夜のメンテナンスのための休止時間をのぞいて、無音の時間というのは本来あり得ない。慌てて時間を確かめると、局長のデスクの上にある時計によればまだ4時55分。自分のスマホを取り出してみると、恐ろしいことに5時03分と表示されていた。5時には番組を始めていなければならないのに。局長のデスクの時計が遅れていたのだ。放送中に無音の時間がある程度続くと、放送事故扱いになって、中国総合なんとか局とやらいういかめしいところに報告しなければならない。放送局にとって、無音というのはそれほど忌むべきことなのだ。慌てて階段を駆け下りてスタジオに駆け込み、放送機器にバシバシとスイッチを入れてオープニングテーマを流し、息を切らしながらもなるべく落ち着いた声で、

「お待たせしました。『黄昏飛行』の時間です」

と番組を開始して事なきを得た（得ていない）。あとで局長には、放送局に置いてある時計が不正確だなんてひどいじゃありませんか、と苦情を言ったが、局長はすました顔で「自分の担当番組の正確な開始時間を把握するのは、君の責任範囲内です」と言うだけで、自分のデスクの時計が狂っていたことについての弁明は一切なかった。そういう人である。

そんなことを思い出しつつも、放送はちゃんと続けてお便りを読み続けている。

〈私の「言えなかった言葉」は、母へのお詫びです。

小学校の運動会のときのことです。私は体育が苦手だったので、楽しみなのはお弁当の時間だけでした。ところがある年、母がひどい風邪で熱を出して、運動会前の数日、寝込んでしまいました。台所に立っているだけで辛そうで、いつものように私の好物のおかず、卵焼きや鶏のから揚げを作ってもらうのはとても無理だと、子供心にもわかりました。もう五十年近く前のこと、簡単にお弁当のおかずにできる冷凍食品なども、今のように豊富に手にはいる時代ではありませんでした。父は、当時の男性にありがちな仕事人間でしたから、母の具合が悪いなら自分が運動会の

お弁当を作るという発想は全くなかったようです。運動会当日も、仕事が休めなくて休日出勤するから見に行けない、と早々と宣言していたくらいですから。そんな時代だったんですね〉

「そんな時代もあったんですねえ」と、真尋はここで自分の感想を挟んだ。真尋は平成の子だから、そんな時代を実感として知っているわけではないが、これでもジャーナリズムのはじっこをじたばた飛んでいる身、日本にそんな時代があったらしいことぐらいは知っている。

このとき真尋は、スタジオブース正面の大きな窓の向こうに局長がいるのに気づいた。放送中、局長をはじめとするスタッフはみんな、二階のオフィスで放送の様子を聞いている。放送中に真尋が何か大きな失敗をしたら（スポンサーの社名を呼び間違えるなど）下りてきて合図して訂正をいれさせるためだ。「君がスポンサーの社名を呼び間違えたら、この僕が頭を下げに行かなければならないのですから、いい加減勘弁してください」と何度か注意された。この常に自信満々な人に頭を下げさせるのだから、我ながら大したものだと思うが、気の毒なので最近はそんなことのないよう気を付けている。だが、今はリスナーからのお便りを読んでいるだけ、緊急で訂正が必要な状況ではないと思うのだが……。

局長はいつもの端整な顔の眉間にしわを寄せて、手に持っていた紙をこちらに示した。そこには太いペンの大きな文字で、「歌ってはいけませんよ」と書かれていた。

確かに以前、ゲスト出演者が思い出の曲として出演中に流してほしいと持参したCDが間違いで、その曲が収録されていなかったので、すでに「今回のゲストのリクエスト曲は『別れても好きな人』です」と紹介してしまっていた真尋は進退に窮して、「別れても好きな人」をマイクに向かってゲストとデュエットしたことがある。パーソナリティとして仕事をするようになって間もない、それこそ「そんな時代もあった」頃の話だ。当たり前だが放送終了後、局長には理路整然と厳しい説教をくらった。それからは二度とやっていないのだが、局長は今、「そんな時代だった」という言葉から、とある名曲を思い出して（いつか、あの曲が大好きなのだと言っていたことがある）、用心のためくぎを刺しに下りてきたのだろう。放送中は声をかけられないので、わざわざ紙に書いて。

そういえば以前、スタッフの一人である西条海斗《さいじょうかいと》が言っていたことがある。

「局長はいつもあんな冷静な人だから、焦る、うろたえるみたいな感情は持っていないのかと思ってた。だけど、真尋さんがうちに来てくれてから、ときどき焦ったりうろたえたりするのを見てびっくりする」

就活の時、中学生の時からの夢であるアナウンサーを目指し、全国の放送局に履歴書を送りまくってすべて落とされ、父が社長の知人であったというコネもあってようやくここ、故郷の町にあるＦＭ潮ノ道に拾ってもらった真尋のことを「来てくれてから」と言うあたりが、この青年の感心なところである。

局長はきっと、「そんな時代もあった」という言葉から真尋がまたやらかすかも、と心配になって、珍しく焦って今の行動に出たのだろう。二階オフィスで焦っているところを見てみたかった。今はもう、真尋が歌い出す様子もないので安心したのか、いつものしれっと落ち着き払った表情である。

そんなことを思いながらもお便りはちゃんと読み続けているのだから、我ながら成長したものであるなあ。局長が褒めてくれないので、こうして時々、自分で自分を褒めることにしている。局長はともかく、お便りの続きである。

〈運動会の日、午前の競技がようやく終わって、私は、おべんと、おべんととスキップしながら校庭のジャングルジムを目指しました。お昼の時間にはそのあたりで、近所の○○ちゃんたちの家族と一緒にシートを広げて待っているからね、と母が事前に言っていたのです。ジャングルジムの前に行くと、母と近所のおばさんたちが輪になって座って、真ん中にいくつもお弁当箱や重箱が置いてありました。銘々皿と割りばしも、もう適当に並べてありました。

「おなかがすいたでしょう」

「うん！」

母はその日もまだしんどそうでしたが、私が勢いよくうなずくとにっこりして、うちの重箱を開けました。卵焼きの黄色も野菜の緑もなく、中は黒一色でした。海苔をまいたおにぎりがぎっしり詰まっていたからです。いつものようなおかずを作るのは無理だった母が、運動会だからせめてと、たっぷりご飯を炊いてたくさんのおにぎりをこしらえてくれたのでした。私は渡されたお手拭きで手を拭いて、早速一つ取って口に運びました。

おにぎりの具、私はシャケとタラコが好きだったので、いつもなら母は必ずその二種類のおにぎりを作ってくれていました。だからその時も私の口の中は、タラコとシャケの味への期待感でいっぱいだったのですが、かぶりついたとたんに口の中に広がったのは酸っぱい梅干しの味でした。口の中はその瞬間、期待感から「裏切られたがっかり感」でいっぱいになりました。実はそれ以来私は、梅干しを食べるたび、あのがっかりした気持ちを思い出して、梅干しが苦手になってしまいました。

「えー、梅干しー？　ほかのおにぎりは？」と母に聞くと、母は、「ごめんね。今日は葉子ちゃんの好きなシャケもタラコもうちになかったけえ、梅干しのおにぎりばかりなんよ」と言いました。

「梅干しのおにぎりなんか嫌い」

私は思い切りふてくされました。そうは言ってもおなかはすいていたので、その後、膨れっ面のまま、ぼそぼそと梅干しのおにぎりを食べ続けました。

具合が悪かったんだからお母さんのせいじゃない、ひどいことを言ってしまったと自分でもわかっていて、謝らないといけないとずっと思っていたのですが、家族同士って、「あの時はごめんなさい」と改めて謝るのが難しいことがありますよね。

その後、いつでも謝ることができたはずなのに、とうとう五十年近く、それができないまま、母は昨年亡くなりました。母への「あの時はごめんなさい」という言葉が、私の「言えなかった言葉」です〉

「お母さまには葉子さんの想い、きっと伝わっていたと思いますよ」

澤村葉子さんからのお便りの締めくくりに真尋はそう言った。

「次のお便りは、ラジオネーム、小松原晶子《こまつばらあきこ》さんからです」

〈私の「言えなかった言葉」は、友達への言葉です。前回の放送でこのテーマを聞いてすぐ思ったことがあります。

あの時に戻ってやり直せたら。

ある程度の年を重ねて、そう願ったことのない人がいるでしょうか。

やり直すと言っても、それほど大それたことではありません。

あの時、あの人の前に戻って一言、たとえば「大好きだよ」「ごめんね」「あなたのせいじゃない」言えなかったそんな一言を言いたい。人生なんて、そういう小さな悔いばかりでできているものだと、ある程度の年月を生きるとわかるのですね。

もちろんどう願っても時を巻き戻すことはできません。でも、ほんのたまにならそんな魔法も起こるのではないか。そんなことを思わせる雰囲気が、瀬戸内の海と山に挟まれた、この潮ノ道にはありますね。

それはきっと、皆さんよくご存じの、この街で作られたあの映画の影響が大きいのです。ひとりの女子高校生が、坂道を歩くうちに、時の流れの中を行き来し始めます。すでに起こったはずのことをまた体験したり、子どもの頃の自分に会ったり、その中で、本当ならばあるはずのなかった恋と巡り合ってしまったり……。その様子がたいそう美しく、またリアルに映像化されていたので、古ぼけていてつまらないとしか思っていなかった生まれ故郷のこの潮ノ道が、そんな不思議なこともあるかもしれない魅力的な場なのだと、そう思ってしまうような映画でした。実際に私が女子高校生だった、三十年以上前に観ました。

先日、そんなことを思い出しながら、潮ノ道ではおなじみ、古い土塀に挟まれた坂道を歩いていました。高校生の頃ならなんなく上り下りしていた道ですが、今はすぐに息が切れてしまいます。

そして、ふと思ったのです。もし今、あの映画の主人公に起こったような不思議な魔法が我が身に起こったら、私はどうするだろう。これまでの人生、大小含めてたくさんの後悔があるが、そのどれかを手直しできるとしたら？　自然に、あの映画を観た当時の記憶がよみがえってきました。

あの頃、いつも一緒につるんでいた友達がいました。私より成績がよく美人で、万事に積極的でいつも自信にあふれていて、引っ込み思案の私とは、それほど共通点はなかったのに。

彼女は高校卒業とともに県外の大学に進学することが決まっていて、私はこの街にとどまることになっていました。明日は彼女が新しい土地に向けて出発するという日、私たちは名残を惜しんで二人で坂道を散策しました。もう帰らなくては、という時間になったとき、彼女が不意に言いました。

「ねえ、あたしたち、いつまでも親友だよね？」

当たり前でしょ、と即座に言うべきところでした。私たちは間違いなく親友でした。それなのに、そのとき私の口から、その言葉は出なかったのです。

私が「自分たちはいつまでも親友である」と認めるのを迷ってしまったことに、彼女は気づいたようでした。そのままもう何も言わず、きびすを返して家路をたどってしまったからです。

そんな記憶を手繰っているうち、あたりはだんだん暗くなってきました。

私はふと、行く先の曲がり角の向こうから、一人の女性が現れたのに気づきました。私と同じくらいの、そろそろ人生にくたびれてきたような年配だけれど、私より華やかな表情と雰囲気と服装の。

そんな馬鹿な。いくらこの街だからといって、こんな魔法、偶然の出会いを起こしていいのか。それは、時を戻せるなら、あの時「当然言うべきだった、言えなかった言葉」を彼女に言いたいと思ってはいたけれど……。

彼女が私に気づいたかどうかはわかりません。私がすぐきびすを返して家路をたどってしまったからです。

私があのことを言うべきかどうか迷ったのはほんの一瞬でした。だって、すぐ気づいたからです。「当然言うべきだった言葉」だけを言う人生なんて、つまらないではありませんか。真尋さん、そういうものではないでしょうか。年を重ねたからそんなふうに思うのでしょうか〉

お便り紹介のあとは、「潮ノ道ニュース」としてこの街でこの数日あったことのお知らせ（のんびりしたこの街では、交通安全週間の始まりなど、基本的に穏やかなニュースが多い）や近いうちに開催されるお祭りなどイベントのお知らせをして、番組の終わりとなる。

「次回、皆様からのお便りのテーマを、『私の旅』とさせていただきます。思い出の旅、いつか行きたい夢の旅、様々な旅のお話をお待ちしています。本日もお付き合いありがとうございました」

エンディングテーマを流し、いつものようにほっとしながら、真尋は放送機器のあれこれのスイッチを切って今日の仕事を終えた。

スタジオブースから出ると、局長様はまだ例の紙を手に、そこにいらした。

「今日は歌わなかったでしょう」

真尋が胸を張ってそう言うと、局長は「別に威張ることではないと思います」と、いつもの慇懃無礼な口調で答えた。相変わらず褒めてはくれない。確かに、生放送中にいきなり歌わなかったなんて、威張ることでも褒めるほどのことでもないか。

その時真尋は、局長が涙目になっていることに気づいた。

「局長、大丈夫ですか？」

一言多い癖は直せ、といつも局長に言われているのに、またやってしまった。見なかったことにするべきだった。

「いや……面目ない。僕も一昨年、急に母を亡くして、言えなかったことがいろいろ残っているので」

「局長にもお母様がいらしたんですね！」

一言多い癖が暴走している。

「いるに決まってるでしょう。君が僕という人間をどうとらえているのか、時々疑問に思いますよ。ある日天から降ってきたとでも？」

「可能性としては排除していません」

「そんなことより」

局長は根負けしたようだった。「局長が根負けするのも、真尋さんがうちに来てくれてから初めて見るようになった」と海斗は言っていた。それまでは誰かと論争になっても、局長のあまりにも理路整然とした反論に相手の方が根負けしていたそうだ。

「二通目のお便り、小松原さんでしたか、親友だったはずの相手に、親友だと言えなかったという話です。僕は女性同士の付き合いには詳しくありませんが、女性の友人同士は『私たちって親友だよね』としばしば確認し合うような印象がありました」

「どうでしょうねえ。人にもよりますが、私はあまり……」

真尋自身は、「私たちって親友だよね」アピールをするのが得意でない。自分は親友と思っていても、向こうが思っていなかったら非常に気まずいではないか。「私たちって親友だよね」アピールをされるのも苦手だ。薄情者と思われては面倒だから、はっきり口に出したことはないが。

「人が何かを確認したくなるのは、不安なときだと思います。小松原さんのお友達は、この街を出ることになって、全く違った新しい環境に入っていくのが不安で、命綱を結ぶように、これまでの人間関係の絆を確かめたくなったのではないでしょうか。お友達は積極的で自信のあるタイプだったと書かれていますが、そんな人にもそういう瞬間は訪れるのでしょう」

「そうですね。……でも、小松原さんはどうして返事ができなかったのでしょう。お友達の不安に気づいてなかったとしても、『親友だよね』と言われたら、普通はお愛想にでも『そうよ』と答えると思いますが」

「君の語彙の中に、愛想という言葉が存在したんですね」

「当たり前でしょう。局長が私という人間をどうとらえておられるのかも、時々疑問になります」

「僕は君という人間を、かなり正確に把握しているつもりです」

「きょ、局長、そ、そそそれは一体どういう」

「何をうろたえているのかわかりかねますが、きわめて言葉通りの意味しかありません。……これだけの文章から小松原さんの気持ちを推し量るのは失礼な話ですが、その時の小松原さんの心に、迷いが湧いたのは間違いないようですね。『迷い』という言葉はお便りの中にあったと思います。自分より華やかで自信にあふれていて、これから広い世界に出ていく友達。そんな彼女の親友に、自分はふさわしいだろうか。自分たちはこれまで通りの親友でいられるのだろうか。そんな迷いにとらわれてとっさに返事ができず、そのままになってしまったのかも」

「でもそんな……。友達って、自分がその人にふさわしいかなんて、資格のようにきめるものではありませんよね」

「同感ですが、そんな気持ちが生まれることがあるのは、理解できる気がします。迷いなんてものはそんな風に、必ずしも道理に合わないところから急に生まれることがあるのでしょう。——小松原さんにとっては、その言葉を言えなかったという ことが、期せずして友達との、思春期の日々との別れのメッセージになってしまったわけですから、皮肉なものです。人生とはいろいろ面白い」

「局長、真尋さん、そろそろ帰ろうと思うんですが」

と、海斗から声がかかった。双子の弟である山斗《やまと》（やはりFM潮ノ道スタッフ）と揃って帰り支度を終えている。

「ああ、どうぞ。僕らももうすぐ帰ります。戸締りなどはやっておきますから」

FM潮ノ道は完全な民主主義体制だから（トイレ掃除でさえ、局長も含めた当番制だ）、上司がいる間は部下は帰れない、といった遠慮は無用なのだ。真尋がオフィスのデスクでパソコンに向かって、その日の放送のことなど公式ブログに報告の書き込みをしている間、局長は出しっぱなしになっていた資料の片付けなどを黙々となさっていた。

それぞれの仕事が一段落したとき、まるで息を合わせたように局長と目が合った。

「そろそろ帰りましょうか」という一言まで合ってしまった。

FM潮ノ道が入っているテナントビルを出て、商店街を歩きながら、真尋は半歩ほど先を行く局長に話しかけた。

「ねえ、局長、さっきの話なんですが」

「さっきの話にもいろいろありましたが、どれでしょう」

「小松原さんのお便りのラスト、『「当然言うべきだった言葉」だけを言う人生なんて、つまらない』という部分についてです。どう思われます？」

「そうですね。……当然言うべきだった言葉だけ言っていれば、失敗もないでしょう。ということは、失敗のない人生なんてつまらないかどうか、と同じ疑問と考えていいでしょう。そして確かに、失敗のないようにと考えるだけの人生、失敗を恐れるだけの人生は、つまらないと思います」

「失敗を恐れないで思い切り突っ込んでいく勇気も、充実した人生を送るためには必要なんですね」

「君にそう言われると、年長者としては、失敗を恐れないようにというのは無鉄砲とは違うと言っておかねばなりません」

「矛盾していませんか？」

「君にそう言われると、と言ったでしょう。相手が君だから、ブレーキをかけておく必要があるんです」

「局長はどうなんですか？　今までの人生で失敗をなさったことは？」

「失敗をしたことがない人間なんていないでしょう」

そういえばこの人はバツイチだという話だ。それを失敗とカウントしているかどうかわからないが。

「言うべきだった言葉を言わなかったとか、言うべきでなかった言葉を言ってしまったとか、そんなことはなかったつもりですが」

「局長ならそうでしょうねえ」

「お褒めにあずかり、恐悦至極」

そんなに褒めたわけではないけれど。

「でも、小松原さんの言葉は、その通りだと思います。人生なんて、ああ言えばよかった、あんなこと言わなければよかった、といった小さな悔いばかりでできているものだと」

「小さな悔いばかりでできている。人生って、ちっとも劇的なものではないんですね」

「それはそれなりに、劇的だと思いますが」

「局長と人生論を戦わせたのなんて、初めてですね」

「別に戦ってはいませんが。……戦って、この僕に君が勝てるとでも？」

「夢にも思っていません」

もう帰り路が分かれるところに来ていた。

「今日もお疲れ様。また明日」

局長はそう言って、軽く手をあげた。

「明日もよろしくお願いします！」

真尋は勢いよく頭を下げた。

たからのちず

矢崎存美

祖母が亡くなって、もう三年になる。

香月《かづき》にとって、その死は思ったよりもずっとショックなことだった。身近な身内の、初めての死だったからかもしれない。

最初のうちは実感が湧かず、しばらくして周囲の人よりもずっと遅く悲しみに苛まれた。その「ずっと遅く」というのがまた罪悪感のようになり、なかなか立ち直ることができなかった。表には出さなかったけれども。

祖母は歳をとっても頭がしっかりした人だった。病気で入院する一年くらい前から、自分の荷物や財産を整理しており、亡くなった時には身内が揉めないよう、配慮されていた。

残された荷物もほとんど処分されていたが、一つだけ、「香月へ」と書かれたダンボール箱があった。

いとこの中でも歳の離れた一人っ子だったので、香月は祖母に特別かわいがられた。小学一年生の時に父の転勤で遠方に引っ越すまで、週末や夏休みなどによく泊まりに行っていた。祖母の家は田舎の山の中にあり、今も農業を営んでいる。

いとこたちはすでに高校生から上になっていたので一緒に遊んだ記憶はあまりな

い。香月は、畳敷きのだだっ広い家で静かに遊んでいた。本を読むのが好きな空想好きの子供だったので、あまり手がかからなかったらしい。外に行くにしても本を持って、お気に入りの場所で読む、ということばかりしていた。

香月は、祖母が亡くなってからの三年間、そのダンボール箱を開けることができなかった。いや、葬式のあとに開けはしたけれど、よく見てはいない。中には幼い頃の香月が忘れていったボロボロの絵本などが入っていたはず。こんなのも大切にとっておいてくれたのか、と思うとそれ以上見られなかったのだ。

今回、ようやく中身をちゃんと見ることができたのは、結婚が決まって、三十歳にして実家を出ていくことになったからだ。

「これを機に溜め込んでいる荷物をどうにかしないと、勝手に捨てるよ」

と母に言われたから。捨てられて困るものは持っていけ、と。

整理整頓がいまいち苦手の香月は、休みのたびに自室をひっくり返し続けた。そして、最後の魔窟、押し入れの奥深くから出てきたのが、祖母のダンボール箱だった。

祖母が亡くなった直後と比べると、箱を開けても胸がざわつかなかった。中には自分が忘れていった絵本やマンガやぬりえなどが入っていたが、一番下になぜか見慣れないノートがあった。ノートというか……表紙には「家計簿」と書かれている。

「家計簿？」

なぜこれが自分宛ての箱の中に？

パラパラめくると、中は本当に家計簿だった。年末になると書店で売られているタイプのかわいらしい花柄の表紙。ピンク系でまとめられているが、基本的にはシンプルな家計簿のようだ。

家計簿なんてつけたこともないから、こんなふうになっているんだ、と感心してながめる。祖母は毎日少額であってもきちんと記録をしていた。

その時、ページのすきまから、一枚の紙が滑り落ちた。

折り畳まれた紙を拾い、開いてみる。

それは、地図のような絵が描かれたもので、上部に「たからのちず」とひらがなで記されていた。

「あー！」

それを見た瞬間に、記憶が甦る。香月はその地図を持って、階下へ急いだ。

「お母さん、おばあちゃんの病室で二人でいた時のこと憶えてる？」

いきなりそんなことを訊かれて、母はきょとんとした顔になる。

「いつのこと？」

そうだった。何回かあったはず。祖母は（病院の都合で）個室に入っていた時期があって、その時なるべく家族や親族が顔を見に行っていたのだ。

「正確には憶えてないけど……二人でいろいろおばあちゃんのこととか昔のことと

か話してたじゃない。おばあちゃん、眠ってると思ったんだけど、その時、突然、

『たからのちずだよ、かづちゃん』

って言ったんだよ。あ――！」

香月はさらに思い出した。

「あたしが最後にお見舞いに行った時だ」

その、『たからのちずだよ、かづちゃん』というのが、香月にとって祖母の最後の言葉だった。

あれは本当に「たからのちず」と言っていたのか、とその時は思っていたのだろう。「なんて言ったの？」と祖母に問うたけれども、返事はなかったように思う。何か別の言葉を聞き間違えた可能性もあるのではないか、とか。しかし、この「たからのちず」が出てきたことで、あれはやはり聞こえたとおりであったらしい。

「これがその『たからのちず』だよ」

香月は母に紙を差し出す。太めの油性ペンで描いたらしい地図には、宝の場所が赤くとびきり大きな丸でぐるぐると示されている。「たから」と改めて書かれ、矢印まで添えられている。

母はしばらくそれを見て、

「……ごめん、なんだかわからない」

「……そうだね。あたしも」

「でも、これはおばあちゃんの絵じゃないよね？」

「うん。これは多分、あたしの絵だと思う。全然憶えないけど」

地図というか、道筋が描いてあるだけだった。上からまっすぐ道が延びて、左に曲がる。その角に木の絵が描いてあるのはかろうじてわかる。けどリボンが結んであるのはなぜ？

「この先は……川？　橋？」

「さあ……？」

突き当たりの分かれ道を右に行って、次の分かれ道を左——というのはわかるが、そもそもどこの地図なのか。出発点はどこなのだろう。シンプルというか、大雑把すぎる。

「どこにあったの？　それ」

「おばあちゃんの家計簿にはさまってた」

「どのページ？」

そうか、はさまっていたページにヒントがあるのかもしれない。

家計簿を持ってきて二人で見たが、どこにはさまっていたかはっきりしなかった。家計簿自体が非常に古くて、全体的にページがよれよれしていたからだ。

「これ、あたしが子供の頃のだよ」

母が言う。表紙にちゃんと年が書いてあった。

「ほんとだ。でもなんでそんな古い家計簿を、あたしに？」

もちろん香月が生まれる前のものだ。

「おばあちゃん、家計簿を昔からちゃんとつけてたけど、死ぬ前に断捨離したらしくて、数年前のものしか残ってなかったんだよ。だから、これはきっとわざわざ香月のためにとっておいたんだね」

さらにわけがわからなくなる。なぜこの一冊だけ？

「この家計簿に、謎のヒントがあると見たね」

母はなにやら気取ってそんなことを言う。

「香月、ちゃんと読んで調べなさい」

「えー」

「えーじゃないよ。おばあちゃんには世話になったでしょ？　たからのちずも残してくれたんだし」

「あたしじゃなくて、他のいとこや近所の子供が描いた可能性だってあると思うけど」

「そんなものどうして香月に遺すのよ」

それもそうだ……。

「ほんとに〝たから〟がどこかに埋まってるのかもよ」

「お母さん、それ目当てなの？」

そんなことないと思うけどね……。

香月は首をひねりながらも、祖母の家計簿を読み始めた。普通の本とは違うし、ほとんどは数字なので、一気には読めず、毎日少しずつ。

表紙の年からすると、母が小学三年生の頃だ。祖母は毎日きちんと家計簿をつけるだけでなく、その日に起こった出来事を余白に簡単に記している。主に家族のことだ。

伯父たちが学校で捻挫をしたとか先生に呼び出されたとかテストでいい点取ったとか、母が写生大会で表彰してもらったとか、祖父の冬服を新調したとか。あまり祖母自身のことは書いていなかった。たまに料理のレシピが書いてある。こういう時は、家族に何も起こらなかった日だったんだろうか。そんな時くらい、自分のことを書けばいいのに。

日記と言っても、誰に見られてもいいものだったんだろう。レシピもたくさんある。中には作ってみたいなと思えるようなものも。テレビや雑誌なんかで見たものも記録していたらしい。

半分ほど読んだところで、香月は気になる箇所を見つけた。その日もレシピが書かれていたのだが、それが「いちご水」についてだったのだ。

いちご水。ぱあっと記憶が甦った。

幼稚園の頃、家で『赤毛のアン』のアニメを見ていたら、「いちご水」なるものが出てきて、母に「飲みたい！」とねだった。母は、「はいはい」みたいに言った気がするが、家で飲んだ記憶はない。
飲んだのは、祖母の家でだ。
祖母の家に行って、やっぱり「飲みたい！」と言ったのだろう。そしたら赤い透き通ったジュースが出てきた。甘酸っぱくて、思ったとおりの味で、すごくびっくりしたのだ。
祖母の日記にはこんなふうに書いてある。

「いちご水」なるものを君代から所望される。外国の小説に出てきたものと思われる。今度調べてみよう。

君代《きみよ》というのが母の名前だ。
続けて読んでいくと、数ヶ月後にこんな記述があった。

いちご水の作り方を調べた。

簡単なレシピも載っている。しかし、次の次の日、家族に飲ませてみたら、不評であった。

なんだこれー！

不評。え、あの甘酸っぱくておいしいジュースはいちご水じゃないの？

また母にたずねてみるが、

「えー、そういうジュースは憶えてないなあ」

「自分で飲みたがったくせに……」

「『赤毛のアン』のいちご水は憶えてるよ。担任の先生が授業で読んでくれたんだよね、そこのところを。それでうちにあるのかなって訊いたんだと思うよ。おばあちゃん、季節ごとにいろんなシロップや果実酒仕込んでた人なんだよね」

母の実家は祖父の代に会社を興し、今は伯父たち――母の三人の兄たちがあとをついでいる。果樹の栽培は手掛けていないが、敷地内には果物のなる木がたくさんある。

「梅シロップが一番好きだったたな。梅酒の名手だったしね」

え、じゃあ、香月が飲んだあれは梅ジュースだったんだろうか。でも、赤かった。もしかして、赤しその色？　香りまで思い出せない……いちごの香りはしていただろうか……。

「なんで『たからのちず』じゃなくていちご水の話になってるの？」

「いや、途中に書いてあったから……」

「そこに地図がはさまってたの？」

「ううん、それはまだわかんない……」

「食いしんぼうすぎるよね」

それを言われると反論できないのであった。


結局、祖母の家計簿を読んでも、「たからのちず」の謎は解決しなかった。もっと隅から隅までじっくり読まないといけないのかもしれないが、それより「いちご水」が気になってしょうがない。

というより、祖母の家で飲んだあのジュースがもう一度飲みたい。いちご水じゃないかもしれないけど、なんとなくそうなんじゃないかなと確信していた。

祖母のレシピをよく見てみる。

「あれ、これ、きいちごって……いちごとは違うの？」

家計簿のレシピによれば、材料はきいちご、砂糖、レモン。きいちごを同量程度の水と砂糖と煮てつぶし、漉し器などで漉して、レモン（適量）を加える。至ってシンプルだ。

調べたら、きいちごとはラズベリーのことだった。ラズベリーといちごはだいぶ違う。なのになんで「いちご水」？

なんでも昔の『赤毛のアン』の翻訳では「ラズベリーコーディアル」のことを「いちご水」と訳していたのだそうだ。今回初めて新訳版を読んでみた。アニメは見たことあったけれど、本で読むのは初めてだった。そしたらちゃんと「ラズベリー水」って書いてある！　ちなみにコーディアルというのは、果実を砂糖漬けにした濃縮飲料のことであり、いわゆる「シロップ」と言う方が日本ではわかりやすいみたい。とにかくラズベリーなら簡単に手に入る。スーパーでも売っているし、冷凍のもある。

初夏である今の季節は生のラズベリーも出回っているらしいが、お手軽な冷凍のを買ってきて、祖母のレシピどおりに作ってみた。簡単だが出来上がりは美しい赤色で、すごくおいしそうだ。

水で割るか、炭酸水で割るかで迷って、水にした。記憶の中の「いちご水」は炭酸ではなかったような気がしたので。

水で好みの濃さにして氷を浮かべると、いかにも涼しそう。この夏はこれを飲むのが楽しみ！　と思いながらひと口飲む。

「……ん？」

香月は首を傾げた。

赤い色はきれいで、飲み口は甘酸っぱい。ラズベリーの香りもする。思ったとおりの味だった。

でもこれは、祖母の家で飲んだものじゃない。

それだけはわかった。よく似ているけど、違う。試しに炭酸水で割ったりもしたが、こんなシュワシュワはしていなかったし。

もしかして、「きいちご」と書きながらも、当時は手に入らなかったとかないだろうか。だから「いちご」を使ったのかも。

そう思って念のため、いちごでも作ってみたが、これも違う。けど両方ともおいしい。夏の楽しみが増えた。ヨーグルトにかけたり、お酒と割ってもいいな。すぐに飲んでしまいそう——。

それはいいとして、とにかく何かが違うのだ。

ラズベリーでもいちごでもない？　いったい祖母は何を使ってあの赤いジュースを作ったの？　あのレシピは正しいの？

香月はとても戸惑ってしまった。自分は何を探しているんだろうか。「たから」を探していたはずなのに。

「たからのちず」についてはいまだ不明のままだ。

そもそもその「たから」自体を、香月自身が探したいのかもわからない。祖母が最後にかけてくれた言葉だから、という理由だけだった。祖母が、本当は香月に何を言いたかったのか、それが知りたい。

祖母にとっての「たから」ってなんだったんだろう。

家計簿にも自分のことはそっちのけで、家族のことばかり書いていた祖母だ。どうせなら、香月のことをどう書いていたか知りたかった。

あまり活発な子供ではなかったけれど、山や畑で遊ぶのは楽しかった。祖母は、一人っ子の小さい孫の遊び相手になってくれた。それなりに悪さをして叱られたけれど、そこそこ都会の自宅の近所とは全然環境が違ったから、どこも新鮮で、行くたびに発見があった。

でも、そういう「楽しかった」という印象だけで、具体的なことはほとんど憶えていない。父の転勤に伴って、せいぜい年末に帰る程度になってしまったので、もっと行ければよかったなあ。

よく行っていたのは四、五歳の頃だ。自分の中で思い出が増えたと自覚したのは、小学校に行くようになった六歳頃からだが、それはやっぱり他人との接触が増えたからだろうか。あと、それくらいから写真が増えていったように思う。

記憶は、アルバムで何度も写真を見て、たびたび思い出すことで定着していったのかもしれない。

だが、祖母の家での写真はあまりない。

アルバムを引っ張り出してみたが、見慣れた写真ばかりで、記憶の扉が開くほどではない。

伯父の家にはその当時の写真とかあるだろうか。あるいは、他の家計簿が残っているとか。断捨離しても捨てられないものをとっておいてはいなかったのだろうか。なんでその時の家計簿を香月に遺さなかったのかな？　どうしてこんな古いものを？

「うーん……」

祖母の――いや、今は伯父の家へ行って確かめるしかないか。

とりあえず伯父――今祖母の家に住んでいる母の長兄――へ電話をして、

「そっちに写真が残ってないか」

と訊くことにした。結婚するし、子供の頃の写真を持っていきたい。祖母の家での写真はこっちにあまりないし、祖母とだけ写っている写真もないのだ（祖父や両親と一緒のならあるけど）。

「写真？　ばあちゃんが整理してたのがあるし、見に来れば？」

と伯父は気軽に言った。

「香月の写真もけっこうあったと思うから、持ってってもいいよ」

そんなことも言ってくれる。

さっそく次の休みに車を走らせて、伯父の家へ行く。田舎の古い家なので、土地も家も大きい。裏の山も今は伯父のものだ。

「久しぶりー。よく来たね」

作業着姿の伯父が出迎えてくれた。

「ばあちゃんの部屋はそのままだから、好きに使っていいよ」

伯父はそう言うと、畑へ行ってしまった。残されたのは香月一人。留守番させられているような気分になる。

きしむ長い廊下を渡って、祖母の部屋へ向かう。洋室は玄関近くの応接間のみ。あとはすべて和室だ。昔はトイレも外にあったらしい。それが母は怖くていやだったと言っていた。インドア派で虫が大の苦手だった母にとって、田舎の家で暮らすのはつらいことだったらしい。

夏休みや冬休み、泊まりに行くと寝るのは両親と客間でか、祖母の部屋だった。大きな仏壇のある部屋なので、独特の匂いがする。

障子を開けて部屋に入ると、仏壇はそのままなので記憶の中と同じ匂いがした。仏壇はそうでもないが、壁に掛けられているご先祖さまの写真が少し怖かった。白黒でのっぺりしていて、絵みたいに見えて。

祖母の写真はまだないが、いつか掛けられるようになるのだろうか。

部屋は、きちんと片づいていた。あまり使われた形跡はない。壁際に大きな本棚があり、そこにアルバムなどが入っていた。

香月はアルバムを引っ張り出した。表紙にきちんと日付が記してある。とりあえず、自分がよく来ていた頃の写真を見る。

伯父が言ったとおり、香月の写真はけっこうあった。両親が撮ったものは家にあるけれども、祖父などが撮ったものはこちらに保管されていたらしい。

持っていっていい、と言っていたけれど、全部持っていくのは気が引ける。よく写っているのだけもらおう。

五歳くらいの香月と祖母が二人で、庭で写っている写真があった。祖父が撮ったものだろうか。二人で気取ってポーズを決めている。見ると笑顔になれる、なかなかいい写真だ。

他にも畑で泥だらけになっていたり、母と笑っていたり、昼寝中のもあった。だいぶ断捨離をしたとのことだが、いとこたちの写真もたくさんあった。孫の写真はとっておいたのかもしれない。

しかし、それらの写真は、香月の記憶を掘り起こすことはなかった。

本棚には、例の家計簿もあったが、五年分しかなかった。最後の一年は半分以上空白で、もう家計簿をつける気力もなかったのか、と思うと涙が出てくる。

祖母を最後に見舞った日のことを思い出す。数日前までは回復の兆しがあったのだが、前日くらいから眠っている時間が増えてきて、香月は祖母と会話することができなかった。もう少し、本当にもう少しだけでも早く行けばよかった、とあとで悔やんだのだ。

祖母は香月と母の会話を聞いていたのかもしれない。半分眠りながらも、会話に入ろうとしていたのかも。何か「言わなくちゃ」という気持ちが働いた？

……四、五歳の時の記憶がないのは仕方ないとしても、三年前のことも忘れているとは。だが、祖母の記憶のトリガーになるようなことを二人で話していたのではないか。

おぼろげな記憶が甦ってくるが、今ひとつ自信がない。

香月は母に電話をした。

「あのさ、おばあちゃんが『たからのちず』って言った時、病室でなんの話してたのかな？」

「ええーっ？」

母はしばらく悩んでいたが、

「憶えてないよ……」

そりゃそうだよな。だって香月だってはっきり思い出せない。

「けど、香月かあたしの小さい頃の話をしてたような気がする」

「……やっぱり？」

内容まではわからない。でもあの頃、香月が祖母のお見舞いに行く時はいつも母と一緒で、祖母ともよく昔話をしていた。というより、祖母がそういう話をくり返していた、と言うべきだろう。お気に入りの「なつかしい思い出」を何度も語りたがっていて、母と無言で少し悲しい顔を見合わせたことをはっきり憶えている。

入院した頃からそういう感じだったので、祖母は死期を悟っていたのだろうか。

そんなことを考えてしょんぼりしていると、伯父と伯母が畑から帰ってきて、

「お昼食べてけ」

と呼びに来た。

「何もないけど、いっぱい食べて」

伯母が並べてくれる畑の野菜で作った数々のおかずが祖母の味によく似ていて、余計に悲しくなってくる。

しかも、赤いジュースが出てきて、あれ、「いちご水」なのかな、と思って飲んだら、赤しそのジュースだった。

「クエン酸入ってるから、疲れが取れるんだよ」

とさらにおかわりを注いでくれる。とてもおいしい。けど、これもやっぱり違う。

何も憶えていない自分が情けなくて、ぐすぐす泣き始めた香月に、伯父と伯母が
「どうした!?」とあわてる。

「ごめんなさい……」

「どうしたの？　もしかして……マリッジブルー？」

伯母がおそるおそる言う。

「違うんです……。写真見てたらいろいろおばあちゃんのこと考えちゃって……」

「全部持っていっていいよ」

伯父も気を遣ってくれるが、

「ううん、気に入ったのだけでいいんだけど……ほんとはここに来たのは写真だけじゃなくて……」

「なんなの?」

香月は伯父夫婦にこれまでのいきさつを打ち明けた。

しかし、

「へー。『たからのちず』?」

「いちご水?」

二人ともピンと来ないらしい。

「いちご水っていうか、ラズベリーのシロップっていうか……」

「それで赤しそジュース飲んで泣いたのね」

ちょっと恥ずかしい。

「ラズベリーか。ここら辺だと自生してるけど」

「えっ、そうなの!?」

「子供の頃はよく食べたけど、酸っぱくてなあ。今はあれより甘い果物はいくらでもあるから」

ラズベリーって勝手に生えるものなんだ……。

「『たからのちず』ってどんなのなの？」

伯母がたずねる。

「あ、持ってきたんで、見ます？」

香月は二人にその地図というか、絵を見せた。

「どこの地図か、わかんなくて」

「地図っていうか、メモみたいね。なんだと思う？」

伯母が伯父にたずねると、

「いや、これ、裏山のだろ？」

即座に答えた。

「えっ!?」

「ほら、この木。裏のけやきだ。このリボンみたいなの、しめ縄だろ？」

……ほんとだ。なんで木にリボンが描いてあるんだろうと思っていたけど。

「あれは御神木だから。ご先祖が祀ったんだろうな。だから、あまり裏山に入るなって言われてて」

「じゃあ、お母さんは知ってたの？」

「いや、あいつはそういうの怖がってたし、虫がとにかく嫌いだったから、裏山には本当に入らなかったよ。うちからはけやきのしめ縄は見えないから、忘れてるんじゃないかな」

伯父は地図の道を指でたどる。

「けやきんとこ曲がってちょっと行くと小川があるし。そこ渡った先の山道のとこだな、これは」

「そこに『たから』があるの？」

「いやー、そんなものがあった記憶はないけど。昼食ったら見てくるか」

「えっ、そんな気軽に行っていいの？」

「今、山の管理をしてるのは俺だし。それに、すごく遠いわけじゃないからな。ちょっと山道登らないといけないかもだけど、大丈夫大丈夫！」

そう伯父に言われると、断れない。香月としても、何があるのか確かめたかったし。スニーカー履いてきてよかった。


伯父に連れられて裏山に入る。ゆるやかな道だが、むせ返るほど緑が濃い。こんなところ、母は無理かもしれない。

「でも、あんな地図描いたってことは、香月もここ登ったことあるんだろ？」

「そうなんだろうけど、『一人で入るな』って言われてて、ちゃんと言いつけを守る子供だったから――」

「ああ、おとなしい子だったもんな。それがもう結婚かあ。早いなあ、時がたつのは」

伯父はそんなことを感慨深く言う。

次第にけやきが見えてくる。真新しいしめ縄が付けられている。巨木だ。見上げないと上まで見えないし、視界にも入り切らない。

多分、このけやきは見たことがある。多少の好奇心は持ち合わせていたので、こっそり一人で裏山に入ったのかもしれない。でもこの巨木に畏れて、逃げ帰ったのだろう。子供だったらもっと大きく見えたはずだ。言いつけを守る子供？　まあ、だいたいはそうだったのだが。

なるべくけやきを見ないようにして、伯父のあとについていく。今でも少し怖いと思うのは、後ろめたさがあるからだろうか。

道は細いがちゃんとあった。迷うも何も一本道だった。

小川は草で隠れて見えないほどだったが、水はとてもきれいだった。初夏の今は草や葉の勢いが引くほどすごいけれど、春の頃はきれいなのだろう。山というより森のようだ。

しかし、川を越えると少し道が険しくなる。地図にはいくつか分かれ道があるが、「たから」への方向には道がない。

「あー、まあこっち行くんだろうな」

伯父はずんずん道なき山の中へ入っていく。

「ちょ、ちょっと！」

香月はついていくのがやっとだった。スニーカーは土や草で汚れた。

「道がないわけじゃないよ。けもの道みたいなのならある」

「えー、何か出るの、ここ?」

「タヌキくらいかなあ。イノシシがたまーに」

「やだー!」

イノシシなんて出たら逃げられない!

伯父は笑いながら、どんどん歩いていく。

しばらく草をかき分け進むと、急に開けた場所に出た。

「お、日当たりいい」

ぜいぜい言いながら、香月は立ち止まる。

そこは本当にわずかだけ、木々が上に迫っていなかった。陽の光が燦々と降り注いでいる。今までのひんやりとした空気が、急に暖かく乾いて感じた。

「おい、香月見ろ」

伯父が指差す方を見ると、陽だまりに赤く輝く地面があった。キラキラと宝石のようにきらめいている。

この光景、見たことある。

「いちご水が飲みたい」

と言った香月を連れて、祖母はここに来たのだ。さっきと同じようにけやきを見ないようにして、山の中でナタを振るうワイルドな祖母の背中を見ながら、ここにたどりついた。

それは群生したラズベリーだった。当時の香月にはそれがなんだかわからない。赤い宝石がたくさん落ちていると思った。

「たからだ！」

そう言いながら、走り寄った。今も心の中で叫んでいた。

「たから」のほとりにしゃがみこんで見つめるばかりの香月に、

「食べてみな。こうやって採るんだよ」

そう言いながら、祖母はラズベリーを一つ摘み、口にぽいっと入れた。香月も真似してみる。

「酸っぱい……」

甘みよりも酸っぱさが強い。でも、最後に残るわずかな甘みと香りに、香月は陶然となった。こんなの食べたことがないという驚きもあったが、直接採って食べられるということに興奮した。

「すごい、ここで暮らせる！」

ずっとこれ食べてればいいんだ。おいしいし、なんていい考え！

と祖母に言ったような気がする。それに祖母がなんと答えたかは忘れたが、せっせとカゴにラズベリーを摘んでいた。香月はラズベリーを食べながら、陽だまりでくるくる回っていた。

帰る時には「いやだ」と泣いた気がするが、日差しが陰ってきたら涼しくなってきたので、素直に帰ったと思う。

そして次の日か、あるいはその日のうちに、できたての「いちご水」を飲ませてもらったのだ。あのレシピなら簡単だから。

この「たからのちず」を描いたのがいつなのかはわからないが、これは地図というより、伯母の言うとおりメモだ。次はあの宝石を自分一人で摘みに行こう、と思って、祖母に訊きながら描いた。だから、伯父にもわかったのだろう。

けれど、それ以降、香月はそこへは行かなかった。夏休みに祖母の家へ行くことが減ったからだ。

断捨離をしていた祖母が、忘れられた地図を見つけてなつかしく思い、家計簿に書いた「いちご水」のレシピのページに（おそらく）はさんで、香月へ遺した。いつかは家族に「いちご水」を作る機会もあるだろう、と考えたのかな。それとも「おいしい」と言ったのが、香月だけだったから、遺してくれたのだろうか。

「『たから』ってラズベリーだったのか」

大量に群生するラズベリーを見て、伯父は言った。

「伯父さん、おばあちゃんのラズベリージュースって飲んだことない？」

「うーん、いろんなもので作ってたから、いい出来のもいまいちのもあって――」

伯父は市販のものより小粒のラズベリーを摘み、口に入れた。

「――うん。多分酸っぱくて不評だったんだと思う」

それでも、そのラズベリーを摘めるだけ摘みたいと言うと、伯父は家に取って返し、ビニール袋を持ってきてくれた。

伯父を待っている間、昔みたいにラズベリーを食べながらくるくる回っていたが、すぐに疲れて、地面に寝っ転がってしまう。まあ、いいや。どうせもう、服も靴もひどい状態だし。

山盛りのラズベリーを見て、伯母は意外にも喜んだ。

「久しぶりにタルト作ろうかな!」

お菓子作りには酸っぱい方がいいんだよ~、と言っていた。

伯母と分けても、なお袋にいっぱいのラズベリーを持って、香月は家に帰る。

「何それ、ひどい格好!」

母に言われたけれど、急いでシャワーを浴び、着替えてから、さっそくラズベリーコーディアルを作る。

新鮮な採れたてのラズベリーで作ったコーディアルは、色も香りも違った。母も、

「すごくいい匂い!」

と驚くほど。

できたてを水で割り、氷を浮かべてひと口飲むと、

「酸っぱい……」

他の人に出すなら、もっと砂糖を増やした方がいいかもしれないけど、香月は好きだ。ちょうどいい。

そして、喉を通ったあと、鼻に抜ける香り――。

「これだ」

あの陽だまりの記憶とともに、なんと幸せな気分に包まれることだろう。

「こんなに香りがいいとは、昔は多分思わなかったな」

母が言う。

「酸っぱいけど、香りがいいラズベリーなのかもね」

今度品種を調べてみよう。それとも、あそこに生るのがたまたまそういうものなのだろうか。

「ラズベリーっていろいろ健康効果あるんだよ」

飲みながら母がうんちくを傾ける。

「そんなことも、子供の頃は考えなかったでしょ？」

「おいしそうなのにすごく酸っぱいって、やっぱりがっかりしたんだと思うなあ」

母の声は、しみじみとしていた。

「せっかく作ってもらったのに、好きじゃないなんて言って悪いことしたよ」

子供だったんだし。香月の好みがちょっと変わっているだけかも。

「そういえば、おばあちゃんはこのレシピを誰から教わったの？　シロップをよく作ってたから、それの応用？　でも、梅とかはけっこう時間がかかるでしょ？」

しばらく母は考えていたが、

「ちょっと家計簿見せて」

と言う。

パラパラとめくると、

「あった」

あるページの日記を香月に見せる。いちご水レシピの一週間後。


先生にいちご水のお礼をする。


「多分だけど……『赤毛のアン』を読んでくれた担任の先生に訊いたんだと思う」

「そうなのかな……でも、レシピなんて知らないかもしれないじゃない」

ただ小説を読んだだけじゃ。

「すごーく真面目な先生だったから、ちゃんと調べてくれたのかもしれないよ。英語しゃべれる人だったから、原書読んでたり、お友だちにレシピ知ってる人がいたのかもね。先生とはまだ年賀状のやりとりしてるから、直接訊くこともできるけど？」

香月はしばらく悩んだが、

「それは、もういいや」

と答えた。そのくらいの謎は残しておいた方がいいかもしれない。いや、香月にとっては、あのレシピは祖母のものなのだ。誰か別の人のものではなく。

本当は、全部直接祖母から聞きたかった。祖母も話をしたかったのかもしれない。もう少し時間があったら、そこまで話が及んだかも。

「あー」

また少し、記憶の扉が開く。

「病室で、裏山の話をしてたんじゃない？」

「怖いよねー」「怖かったよねー」みたいなことを病室で話していた気がする。

「そうかも」

祖母の前で裏山の話題を出せば、思い出してくれたのだろうか。それももう、わからない。

「『たからのちず』、憶えてる？」

そんなふうに切り出す祖母の顔が目に見えるようだ。

「『いちご水』は？」

首を横に振る香月に、祖母は楽しげに語り始める。

いつか会えたら、そんな話を二人でたくさんしよう。

本書は二〇二一年十二月にポプラ社より刊行された『11の秘密
ラスト・メッセージ』を改題し、文庫化したものです。

これが最後のおたよりです

アミの会 編

著　者　大崎梢　近藤史恵　篠田真由美　柴田よしき
永嶋恵美　新津きよみ　福田和代　松尾由美
松村比呂美　光原百合　矢崎存美

2025年2月5日　第1刷発行

発行者　加藤裕樹
発行所　株式会社ポプラ社
〒141-8210　東京都品川区西五反田3-5-8
JR目黒MARCビル12階
ホームページ　www.poplar.co.jp
フォーマットデザイン　bookwall
組版・校正　株式会社鷗来堂
印刷・製本　中央精版印刷株式会社

Printed in Japan
N.D.C.913/314p/15cm　ISBN978-4-591-18518-6

P8101509